LE PARADIS TERRESTRE, POEME IMITÉ DE MILTON.

*Par Madame D. B.****

NOUVELLE ÉDITION.

Ouvrage enrichi de Figures en Taille-douce

LE PARADIS TERRESTRE, POEME IMITÉ DE MILTON.

*Par Madame Du B****

NOUVELLE ÉDITION,

Revuë, corrigée, augmentée. On y a joint le Poëme qui a remporté le premier Prix de l'Académie de Roüen.

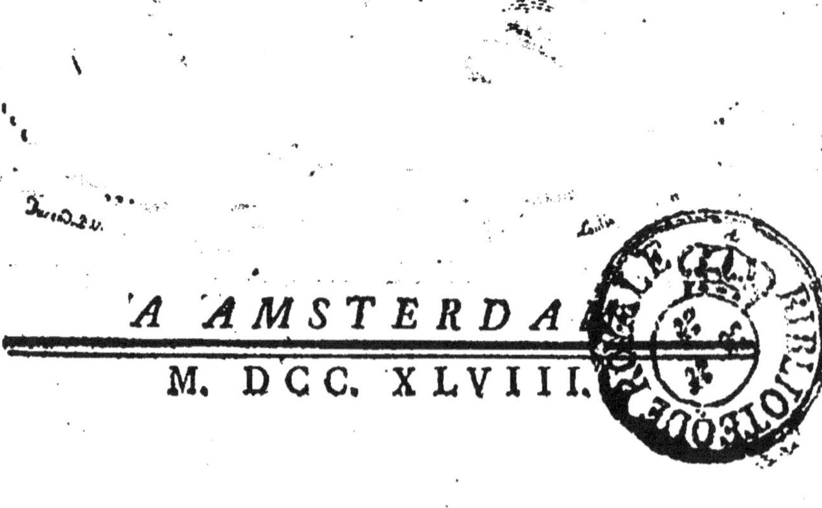

A AMSTERDAM

M. DCC. XLVIII.

LE PARADIS TERRESTRE, POEME IMITÉ DE MILTON.

*Par Madame Du B****

NOUVELLE ÉDITION,

Revuë, corrigée, augmentée. On y a joint le Poëme qui a remporté le premier Prix de l'Académie de Roüen.

A AMSTERDAM.

M. DCC. XLVIII.

A MESSIEURS DE L'ACADEMIE DES SCIENCES, BELLES LETTRES ET ARTS DE ROUEN.

MESSIEURS,

Le suffrage que vous avez bien voulu accorder à mon premier Essai, m'a encouragée à finir & à vous présenter cet Ouvrage que je n'avois commencé que pour mon amusement.

Entraînée par le désir de plaire à ma Nation, en me conformant à son goût, je n'ai point craint le re-

*proche que me feront les Anglais sur les changemens que j'ai osé faire à un Poëme qu'ils ont en vénération. Malgré l'admiration que tous les siécles ont euë pour l'Iliade, plusieurs Critiques y ont trouvé des répétitions, & de trop longs détails : Les Français ont cru voir les mêmes défauts dans le Paradis Perdu ; & M. Pope, quoiqu' Admirateur des grandes beautés de cet Ouvrage, a eu la hardiesse de s'exprimer ainsi en parlant de l'Auteur : » Tantôt le Ciel n'est pas » assez vaste pour contenir l'étenduë du vol de » Milton, tantôt tombant dans le style prosaïque, » il rampe comme un Serpent : Quelquefois il met » dans la bouche des Anges des pointes & des jeux » de mots, & fait de Dieu le Pere un Théologien » Scholastique. « * Sur cette autorité, j'ai beaucoup*

* Milton's strong pinion now not heaven can bound
Now Serpent like in proze he sweeps the ground
In quibbles Angel and Archangel join
And God the father turns a school divine.

abregé le recit du Combat des Anges, dont les peintures m'ont paru trop fortes pour être renduës par mes foibles crayons; & j'ai crû pouvoir retrancher comme étrangeres au sujet, les comparaisons prises de la Fable; les jeux des Diables dans les Enfers, & plusieurs autres morceaux qu'il seroit inutile de détailler. Si je me suis trompée dans mon choix, & dans le plan que je me suis proposé, l'exposition de mes raisons & de mon dessein, ne me justifieroit pas: c'est au Lecteur à me juger par mon Ouvrage. J'ai voulu réduire en petit un grand & sublime Tableau. Souvent en diminuant & en raprochant les traits, on les affoiblit: les proportions se perdent, & on manque la ressemblance. Si j'ai réussi à réunir sous un point de vuë agréable les graces & l'intérêt que l'Auteur a répandus sur la felicité & sur les malheurs d'Adam & d'Eve dans le Paradis Terrestre, j'aurai rempli mon projet. Moins nos mœurs seront éloignés de l'état d'innocence, plus nous goûterons la naïve expression des sentimens de nos premiers Peres : Je crois même que la malignité née de la corruption du cœur depuis la chûte de l'Homme, ne peut censurer la tendre ardeur que Dieu autorisa dans nos Ayeux, en leur ordonnant de perpétuer & de multiplier le Genre-humain. Après avoir admiré la grandeur de l'Etre suprême dans l'immensité des Cieux, & sa libéralité dans l'abondance des biens que la Terre leur offroit, ils exprimerent sans doute le mouvement de surprise, d'enchantement & de reconnoissance qui les saisit à la vuë de tant de bienfaits. Le nouveau charme qu'ils goûterent en se communiquant leurs idées ; & la juste persuasion où ils étoient que leur union plaisoit au Créateur, augmentoient sans cesse leur amour. La vivacité n'en peut être blamable, ayant un tel but. Seuls dans le Monde, nul autre intérêt ne pouvoit les occuper. Ils ne devoient pas plus songer à contraindre leurs désirs qu'à se chercher des vêtemens, dans un climat où ils ne sentoient d'autres vents que l'haleine des plus doux Zéphirs; mais pour le malheur de leur postérité, en acomplissant le commandement que Dieu leur donna de s'aimer, ils oublierent la seule défense qu'il leur avoit faite. Le Poëte Anglais a cru avec raison pouvoir peindre, avec les couleurs les plus vives, le feu pur qui brûloit dans le cœur d'Adam & d'Eve. J'ai tâché d'imiter la simplicité expressive de son coloris, en représentant la Nature dans ces heureux tems où les mots d'art & d'indécence *étoient inconnus. Je ne prétends point donner une idée complette du vaste génie de Milton. Les Personnes qui ne sçavent point l'Anglais, en prendront une connoissance plus exacte dans l'élégante Traduction de M. Dupré de S. Maur.*

Je ſerai bien flâtée, MESSIEURS, *ſi ce Poëme peut encore me mériter votre Aprobation: J'ai l'honneur d'être,*

MESSIEURS,

Votre très-humble, & très-obéiſſante ſervante, D. B.

LE PARADIS

A une Dame, qui a gravé les vignettes de ce Poeme.

PAR tes ſoins, aimable D***,
J'eſpére attirer le Lecteur:
Ton burin me pare, & j'admire
Combien il paſſe l'art d'écrire.
Un trait de tes brillans crayons
Nous exprime des paſſions,
Que vingt vers auroient peine à rendre;
Un ombre, un clair te font entendre;
L'eſprit diſtrait & curieux
Au ſeul aſpect voit tes merveilles;
Pour ton Art tout homme a des yeux;
Peu pour le mien ont des oreilles.

A MILTON.

SI mes foibles accents, jusqu'au Royaume sombre,
Homère des Anglois, peuvent toucher ton ombre;
Sois sensible à l'amour qu'inspirent tes écrits.
Le désir de te suivre enflamme mes Esprits;
Mon ame croit sentir le beau feu qui t'anime:
Je m'égare peut-être en cet essor sublime:
Ah! pardonne à mes traits, s'ils ternissent les tiens:
Comme un Dieu, pour tribut, reçois tes propres biens.

A

ARGUMENT DU PREMIER CHANT.

Description des Enfers placés au fond des abimes du Cahos. Satan est représenté au milieu des Anges rébelles dans l'instant qu'ils viennent d'y être plongés. Ils proposent divers moyens de se venger du Ciel. Pour y parvenir, Satan entreprend seul de conquérir un Monde qui doit naître, & de perdre l'homme. Le Péché & la Mort qui gardoient les portes de l'Enfer, les lui ouvrent, séduits par ses promesses : I traverse l'Empire de la Nuit, & parvient au Globe du Soleil. Il y rencontre Uriel chargé d'y présider. Cet Ange trompé pa l'Imposteur, lui montre le Globe de la Terre. Satan y vole : ses mouvemens furieux ; Uriel le reconnoît pour un des Ang rébelles, & veille sur ses démarches.

LE PARADIS TERRESTRE.

PREMIER CHANT.

SAgeſſe, don du Ciel, ſoutiens mon harmonie ;
Je chante du Très-haut la puiſſance infinie.
Dis comment ſa parole enfanta l'Univers :
Prête-moi tes couleurs pour peindre dans mes Vers

Le ſort du premier Homme en des lieux de délices :
De ſon fier ennemi, dis-moi les artifices.
Quels funeſtes récits ! O Mortels ! écoutez,
Apprenez le deſtin des Anges révoltés,
L'Eternel les plongea dans l'infernal abîme,
Le Remords dans ce gouffre eſt toujours près du crime,
La Paix n'habite point ce ſéjour odieux,
L'eſpoir en eſt banni, lui qu'on trouve en tous lieux.
Dans la flamme y gémit la douleur renaiſſante :
Ici la vie expire, & la mort eſt vivante.
La foudre & des torrents de ſoufres embraſés,
Y ſortent des rochers l'un ſur l'autre écraſés :
Ainſi l'Ætna fougueux, en ébranlant la Terre,
L'inonde de bitume, & lance le Tonnere.

Satan tombé du Ciel dans ces fleuves brûlans,
Souléve avec effort les flots étincelans,
Et ſon énorme corps armé pour la vengeance,
En ſortant de ce gouffre y laiſſe un vuide immenſe ;
Son front cicatriſé par le foudre vengeur
De ſon premier éclat a perdu la ſplendeur.
Tel paroît le Soleil à travers un nuage,

Ou lorſqu'à ſes rayons dérobant le paſſage,
La Lune eſt entre nous & l'aſtre lumineux.
D'un vol appeſanti dans les airs ſulphureux,
Le rébelle entouré de feux & de fumée
S'arrêtant au ſommet d'une roche enflammée,
Porte de tous côtés ſes regards pleins d'horreur;
Le déſeſpoir s'y peint, s'y transforme en fureur:
Son ame pénétrante & ſa ſubtile vuë,
De l'abîme à l'inſtant embraſſent l'étenduë.
Quoi! c'eſt donc-là, dit-il, mon éternel ſéjour!
Ne reverrai-je plus la lumiére du jour?
De ces feux ſouterrains les flammes ténébreuſes
Offrent tous les objets ſous des formes affreuſes;
Mais du moins dans l'horreur de ce monde infernal,
Je ne découvre point mon trop heureux rival.
Que d'Eſprits je retrouve à ma fureur fidèles!
Cette onde a moins d'écueils, ces feux moins d'étincelles.
Trois fois j'aurois franchi l'immenſité des Cieux,
Depuis que nous roulons dans ce gouffre odieux;
Y verrai-je à jamais s'abîmer mes phalanges!
Levez-vous, leur dit-il, ſuivez le chef des Anges;
Que d'un bonheur paſſé perdant le ſouvenir,

L'espoir tienne nos yeux fixés sur l'avenir,
La constance & le tems, plus puissans que les flammes,
Rendront un jour ce feu l'élément de nos ames :
Suivez-moi : sans gémir, supportons nos tourmens,
Et d'un Trône en ces lieux jettons les fondemens,
Votre choix m'a remis l'autorité suprême ;
Qui pourroit m'envier ce brûlant Diadême ?
La jalousie expire à l'aspect des malheurs,
Le bonheur seul l'excite, & désunit les cœurs :
La concorde rendra cet Empire invincible ;
Quel pouvoir soumettroit notre Esprit inflexible ?
En moi-même je puis par des efforts divers,
Faire un Ciel de l'Enfer, ou des Cieux les Enfers.
De nos projets manqués, d'autres sont prêts à naître ;
Qui ne peut obéir, ne connoit point de Maître :
L'espoir nous rassembla, l'orgueil fut notre appui,
Que le malheur commun nous unisse aujourd'hui :
Loin des coups du Tyran, nous en bravons l'atteinte ;
Ici sans l'admirer nous regnerons sans crainte.

Il dit : le fier Moloc, impétueux Géant,
Craignant plus le repos que l'horreur du Néant,

Saiſi de déſeſpoir, inſpiré par la haine,
Se dégage des feux, & dévorant ſa chaîne,
Fait entendre ces mots : que plûtôt la fureur
De vos ſens accablés rappelle la vigueur,
Banniſſez les regrets, la ſoupleſſe & la ruſe,
A tout déguiſement mon orgueil ſe refuſe.
Briſons nos fers, ſortons de ces horribles lieux;
Oſons à force ouverte eſcalader les Cieux :
Leur Monarque ſur nous épuiſa ſon Tonnerre,
Saiſiſſons cet inſtant pour rallumer la guerre,
Lançons à notre tour contre ce Dieu jaloux
Les foudres & les feux qu'il a lancés ſur nous;
Que les débris du Ciel rempliſſant ces abîmes,
Portent au Firmament nos Guerriers magnanimes.

Qui peut, dit Belzébut, en forcer les remparts?
Pour changer notre ſort, tentons d'autres hazards.
Voici le tems prédit où du Néant doit naître
Un Univers ſoumis aux Loix du premier Etre;
Par force ou par adreſſe envahiſſant ces lieux,
Armons leurs Habitans contre un Maître odieux.
Sa main a dû former de nouvelles ſubſtances,

Des Etres moins parfaits que nos pures essences,
En détruisant l'Ouvrage outrageons son Auteur.
L'espoir de nous venger fait déja mon bonheur.
De l'espace inconnu perçons le vuide immense.......
Ce projet vous surprend, Tous gardent le silence!
A vous déterminer ne perdez point d'instans.......
Qui voudra se charger de ces soins importans?
Moi seul, reprit Satan, en cherchant des victimes
J'oserai de la Nuit traverser les abîmes:
Esprits qui m'écoutez, approuvez-vous mon choix?

Le Conseil infernal applaudit à sa voix,
Et par un bruit semblable à celui du Tonnerre,
Qui de loin dans la nuë épouvante la terre,
Pour la premiere fois, sur ces lugubres bords,
On entend de la joie éclater les transports.

Rempli de ses projets, le Prince des Ténèbres
Vole, arrive aux confins des Royaumes funèbres:
Aux portes des Enfers soudain il vient s'offrir;
Deux Monstres les gardoient, chargés de les ouvrir;
Il ose en saisir un d'une main menaçante;

Crois-tu me retenir en ta prison brûlante?
Quel est donc, lui dit-il, ton nom & ton emploi?

Tu revois dans mes traits un fils digne de toi,
Reconnois le Péché; je suis ce monstre horrible,
Qui sortit de tes flancs dans le moment terrible,
Où ton ame conçut l'espoir éblouissant,
De braver dans les Cieux les Loix du Tout-puissant,
Son foudre le vengea : tu devins sa victime:
Avec ta troupe & toi, je tombai dans l'abîme,
La clef de ces remparts fut remise en mes mains:
Bien-tôt cet autre Monstre, enfant des noirs destins,
En sortant de mon sein effraya la Nature;
C'est la Mort, le Vautour de toute Créature,
Dieu seul peut éviter ses traits empoisonnés.

Compagnons de mon sort, enfans infortunés,
Reprit le Séducteur, je viens briser vos chaînes,
De mes tristes Etats j'abandonne les rênes,
Pour régner avec vous dans un séjour heureux;
Tout y satisfera votre haine & vos vœux.
Les Monstres à ces mots prennent les clefs fatales,

Font gémir ſur les gonds les portes infernales,
Et percent avec lui l'abîme de la nuit.

Le profond labyrinthe où l'eſpoir les conduit,
Du ténébreux Cahos reconnoiſſoit l'Empire :
Dans le trouble & l'effroi que la diſcorde inſpire,
Guidé par le Hazard, Miniſtre du Cahos,
Forçant les Elémens, accablé de travaux,
Egaré mille fois dans ſa vaſte carriére,
Satan voit luire enfin une foible lumiére;
Il la ſuit, & ſon cœur goûte le doux tranſport
Qu'on ſent après l'orage en découvrant le Port.
A l'orbe du Soleil ce rayon ſeul le guide:
Par l'ordre du Très-Haut Uriel y préſide.
A ſes yeux l'Impoſteur ſe montre en Séraphin,
Lui demande ſa route, & voile ſon deſſein.
Sur lui le Créateur exerçant ſa vengeance,
De transformer ſes traits lui laiſſa la puiſſance,
Et voulut ſeul connoitre, à des ſignes certains,
L'hypocriſie adroite à tromper les Humains;
En cet inſtant fatal, elle éblouït la vuë
D'un Archange dont l'œil perce à travers la nuë,

Il montre à l'Ennemi l'ordre de l'Univers,
Et dans l'infinité de tant d'astres divers,
Découvre à ses regards le Globe de la Terre;
Aussi prompt que les vents, où les feux du Tonnerre,
Le Prince des Enfers vole aux terrestres bords;
L'ardeur de se venger ranime ses efforts;
L'espoir de perdre l'homme, & le flâte, & l'agite,
Mais il voit les dangers du projet qu'il médite:
Et l'immortalité que le Ciel offensé
Lui laissa pour punir son orgueil insensé,
Présente à sa mémoire une image effrayante;
Il gémit du passé, l'avenir l'épouvante;
Au moment décisif la crainte, la fureur,
Le doute, le remords s'emparent de son cœur:
Sur lui-même il revient: tels on voit sur la terre
Frémir & reculer les foudres de la Guerre,
A l'instant où leur feu part & porte la mort.
Il voit Eden, l'admire & déplore son sort;
D'un air sombre & jaloux, élevant sa paupiére,
Vers l'astre qui répand en tous lieux la lumiere,
Après de longs soupirs, il éclate en ces mots,

O toi ! qui de la Nuit fais pâlir les flambeaux,
Qui de cet Univers paroîs l'Etre suprême ;
Au-dessus de ta sphère, & plus grand que toi-même,
Jadis de ta splendeur j'eusse éclipsé les traits :
Soleil qui m'éblouïs, je t'admire & te hais ;
Que ton éclat me blesse ! il peint à ma mémoire
Le triste souvenir de ma premiere gloire,
Et l'abîme de maux creusé par mes fureurs :
L'ambition causa mon crime & mes malheurs ;
Sur des Etres parfaits regnant par mon essence,
Je voulus de Dieu même égaler la puissance,
Et briser les liens d'un éternel devoir ;
Remercier sans cesse & toujours recevoir !
Quel fardeau rigoureux ! quel esclavage extrême !
Si ce Dieu m'eût créé moins semblable à lui-même,
Moins en proie à l'orgueil qui dévore mon cœur,
Je jouïrois encor de mon premier bonheur.
Ah ! maudissons plûtôt ma volonté funeste,
Qui choisit un parti qu'en secret je déteste ;
Que n'ai-je en sa naissance étouffé ce dessein !
Pour moi tout est l'enfer, l'enfer est dans mon sein ;
D'affreux mugissemens toujours s'y font entendre ;

De l'horreur qui me suit je ne puis me défendre;
Pour éviter mes maux, je fais de vains efforts,
Mon cœur est déchiré de haine & de remords.
Le Souverain des Cieux ne peut-il plus m'absoudre?
A fléchir son couroux ne puis-je me résoudre?
L'orgueil me le défend; que diroient ces Esprits,
Que par un vain espoir mon adresse a surpris?
Pour me les asservir, je leur osai promettre
De triompher du Dieu qui vouloit les soumettre;
Leurs yeux avec envie admirent ma grandeur;
Ah! qu'ils pénétrent peu le trouble de mon cœur!
Elevé sur le Thrône, & ceint du Diadême,
Je n'ai rien d'éminent, que mon supplice extrême;
(Des cœurs ambitieux tels sont les maux secrets)
N'importe : sans fléchir poursuivons nos projets;
Quand le Ciel appaisé me rendroit ma puissance,
Je reprendrois soudain l'espoir de la vengeance;
Mon respect seroit feint, ainsi que mes sermens;
En est-il de sacrés au milieu des tourmens?
Rien ne peut adoucir la douleur qui m'accable;
Renonçons à la Paix : ma haine est implacable,
Vainement j'offrirois des hommages trompeurs;

Dieu voit dans l'avenir & lit au fond des cœurs.
Etouffons nos remords, & montrons-nous sans feinte:
En perdant l'espérance, on perd aussi la crainte:
Le bien m'est interdit, que le mal soit mon bien;
Peut-être mon Empire égalera le tien,
Tyran. Je soumettrai l'homme & ce nouveau Monde;
Sur le crime & la mort que mon Regne se fonde.
Il dit: mais de son cœur les sentimens secrets,
Tour à tour malgré lui se peignent dans ses traits.
L'Inventeur de la fraude, errant sans défiance,
Laisse trop éclater l'ardeur de sa vengeance;
Du séjour lumineux observant son maintien,
Uriel l'apperçoit sur le Mont Syrien,
Et ne reconnoît plus dans ses regards funestes,
La Paix & la douceur des substances célestes,
Il suit de l'œil ses pas, & voit l'Ange odieux,
Diriger vers Eden son vol audacieux.

Fin du premier Chant.

ARGUMEMT
DU
SECOND CHANT.

DEUXIÉME CHANT.

ARGUMENT.

Description du Paradis Terrestre. Satan y pénetre, & transformé en Vautour se perche sur un arbre : Il apperçoit Adam & Eve : leur beauté & leur bonheur l'étonnent : Il les écoute : il aprend qu'il leur est défendu de manger du fruit de l'Arbre de la Science : Il fonde le succès de son projet sur l'espoir de leur faire transgresser cette Loi. L'Ange qui préside au Soleil avertit Gabriel, à qui la garde du Paradis est confiée ; qu'il y est entré un Esprit pervers : Gabriel promet de le trouver. Entretien d'Adam & d'Eve en se retirant à la fin du jour sous leur Berceau : Description de ce lieu délicieux : Gabriel envoye des Anges pour y veiller : Ils découvrent près de l'oreille d'Eve l'Ennemi occupé à la tenter en songe : Ils l'entourent : la frayeur le saisit : il s'enfuit du Paradis.

LE PARADIS TERRESTRE.

SECOND CHANT.

DANS les champs où l'Euphrate éloigné de sa
source,
Abandonne le Tigre & le joint dans sa course, *
Se présentent d'Eden les Jardins enchantés;

B

* On a suivi l'opinion de ceux qui placent le Paradis Terrestre dans une Isle que forme le Tigre & l'Euphrate; dans la Mésopotamie.

Là, d'un premier Printems tout offre les beautés;
Des Cédres, des Palmiers élevés jusqu'aux nuës,
De ce séjour charmant forment les avenuës.
Sur l'or & les Saphirs serpentent les ruisseaux,
Et dans les prés naissans bondissent les troupeaux;
Aux approches du Loup l'Agneau paroît sans crainte,
Le Lion est docile & le Renard sans feinte,
Les arbres en tout tems ont des fruits & des fleurs,
De l'Iris leur mélange imite les couleurs;
La rosée y répand une manne divine,
L'aspic est sans venin, la rose sans épine;
La Nature, en ses dons prodigués au hazard,
Y surpasse toujours l'ordre & l'effort de l'Art.

Tel est l'heureux Empire où vit dans l'innocence
Le premier des Humains au sein de l'abondance;
Chaque pas le conduit à de nouveaux plaisirs,
L'air pur n'est agité que par les doux Zéphirs;
Leur haleine l'embaume & leurs aîles legeres
Y portent les Parfums des terres étrangeres.
Satan même eût senti ses tourmens s'y calmer;
Mais dans le désespoir rien ne sçauroit charmer.

Animé par la haine & guidé par le crime,
D'une haute montagne abandonnant la cime,
Il s'abat dans Eden, comme un Loup raviſſeur
S'élance ſur ſa proye & trompe le Paſteur.

À peine de ces lieux il franchit la barriére,
Qu'il apperçoit un arbre offrant ſa tête altiére;
Il y fixe les yeux, ſe transforme en Vautour,
Y vole, & du ſommet contemple ce ſéjour.
Des moiſſons qu'il produit, le nombre & les délices,
Pour l'Eſprit infernal ſont autant de ſupplices.
Entre tous les objets vivans dans ces beaux lieux;
Deux Etres diſtingués frappent ſur-tout ſes yeux;
Dans le noble maintien de leur nudité pure,
Ils paroiſſent les Roys de toute la Nature.
Les charmes, les vertus & la félicité
Entr'eux ſont partagés; mais non l'autorité.
Leur Sexe eſt différent, ainſi que leur puiſſance:
L'un tient l'autre ſoumis à ſon obéiſſance:
Adam unit la force à la beauté des traits:
Eve joint la douceur aux plus brillans attraits.
Les Zéphirs careſſant ſes treſſes voltigeantes,

En font ſouvent un voile à ſes graces naiſſantes;
Non qu'elle veüille aux yeux dérober tant d'appas;
Son ame de la honte ignore l'embarras;
Doit-on rougir des dons que nous fait la Nature?
Effrayant deshonneur né d'une ſource impure,
Tyran de nos plaiſirs, tu portes dans le cœur
Le trouble, les remords, la honte & la terreur.

Ce Couple fortuné, créé dans l'innocence,
Sans voile aux yeux de Dieu, n'en craint point la préſence.
A l'ombre des Jardins rafraîchis par les eaux,
Ils ſuſpendent le cours de leurs legers travaux;
Ce terrain n'exigeoit que les ſoins néceſſaires,
Pour goûter le repos & des mets ſalutaires;
Sur des bancs de gazon ornés de mille fleurs,
Les arbres leur portoient des fruits & des odeurs.
Leur ſuc les raſſaſie, & dans l'écorce dure
Ils puiſent pour la ſoif une eau legere & pure;
Le ſourire enchanteur, les entretiens charmans,
Tout ce qu'Amour inſpire à de jeunes Amans,
Seuls Habitans du Monde, & vivans ſans allarmes,
Achévent d'embellir ce repas plein de charmes.

Le Monarque infernal témoin de leur bonheur,
Frappé de tant d'attraits, mais saisi de fureur,
Cherchant en ce séjour ouvert à sa vengeance
Les moyens les plus prompts d'étendre sa puissance,
Sous des traits déguisés se joint aux animaux,
Qui près de ces Amans paissent au bord des eaux.
La voix de l'Homme alors vint lui frapper l'oreille;
A ce son inconnu son ardeur se réveille.

Eve, disoit Adam, tout prévient nos désirs:
Toi seule ici conçois & ressens mes plaisirs;
Près de toi, dans nos jeux & dans nos soins champêtres,
Je perds le souvenir de tous les autres Etres;
Mais sans perdre de vuë un Dieu, dont la bonté
Joignit à tes vertus l'éclat de la beauté.
Des biens dont je jouis, le plus cher est toi-même.
Contemplons la grandeur de cet Etre suprême:
Pour nous il fit ce Monde & soudain l'anima,
Le soumit à nos Loix, & de rien nous forma;
Parmi tant de bien-faits dont sa main nous acable,
Un seul m'est interdit par sa Loi redoutable.
Près de l'arbre de vie, au centre de ces lieux,

L'arbre de la ſcience eſt offert à nos yeux :
Quiconque en oſera goûter le fruit perfide,
Répandra dans ſon ſang un venin homicide.
Loin de blâmer l'Arrêt que Dieu même a dicté,
Son deſſein inconnu doit être reſpecté :
Que nos cœurs & nos mains à ſes ordres dociles,
Se faſſent un devoir d'embellir ces aſyles :
Le travail le plus rude avec toi ſeroit doux.

Eve en l'interrompant, s'écria : tendre époux,
Je ſuis ton bien, mon être eſt pris de ton eſſence;
Pour toi ſeul en ces lieux j'ai reçu l'exiſtence :
J'approuve tes conſeils & tes ſoins précieux ;
Reſpectons les décrets du Souverain des Cieux :
J'admire en ſes faveurs ſa puiſſance immortelle;
De lui je te reçus pour mon guide fidèle ;
Ce don cher à mon cœur, ce bien-fait éclatant,
De mon premier réveil me peint toujours l'inſtant.

Les rayons du Soleil commençoient à paroître :
Sans ſçavoir qui j'étois, ni qui me donna l'être,
Je me trouvai couchée à l'ombre ſur des fleurs ;

Pour peindre ma ſurpriſe, il n'eſt point de couleurs ;
De ces champs émaillés admirant la verdure,
D'un ruiſſeau près de moi j'entendis le murmure.
L'onde qui ſerpentoit d'un mouvement égal,
Par ſa ſurface unie imitoit le criſtal.
Incertaine, j'y cours ; j'apperçois le rivage ;
D'un autre Ciel, les eaux me préſentent l'image ;
J'approche, je me panche, & vois dans le moment
Une figure au ſein du liquide élément,
Se pancher comme moi, ſur moi fixer la vuë.
Je recule à l'aſpect d'une forme inconnuë :
Elle recule auſſi ; le charme de ſes traits
Me ramena bien-tôt pour l'obſerver de près ;
Au même inſtant vers moi ſes pas la ramenerent :
L'un ſur l'autre nos yeux enchantés ſe fixerent ;
Un vain déſir formé pour un objet ſi beau,
Me retiendroit encore aux bords de ce ruiſſeau :
Mais un ſon éclatant vint fraper mon oreille :
L'air me rendit ces mots ; cette rare merveille
Paroît & diſparoît de cette onde avec toi.
C'eſt toi, ce ſont tes traits ; dans ces Jardins ſuis-moi :
Tes yeux vont découvrir ſous ce naiſſant feuillage

L'objet dont tu parois la véritable image;
Cet objet est réel : avec ravissement
Il recevra ta joie & ton empressement;
Vous serez à jamais tous deux inséparables;
Il sortira de vous des races innombrables,
Belle Eve, tu seras mere du genre-humain.
Rien alors ne fixoit mon esprit incertain:
J'abandonnai mon sort à mon guide invisible;
Il me mena vers toi sous cette ombre paisible;
Ta beauté, ton air noble enchantérent mes yeux:
Mais l'objet que les eaux m'avoient peint en ces lieux
M'avoit paru plus doux, plus séduisant, plus tendre:
Je voulus t'éviter : ta voix se fit entendre:
Arrête, me dis-tu, réponds à mes accens:
De nos secrets liens connois les nœuds puissans;
Ton être fut formé de ma propre substance;
Dans tes veines mon sang coule dès ta naissance:
Tu sors de mon côté; sois toujours près de moi;
Mon bonheur, mes plaisirs doivent naître de toi:
J'ai compté que ma vie attachée à la tienne,
Trouveroit dans ton ame une part de la mienne;
Je la réclame en toi; viens embellir mes jours;

A ton autre moitié rejoins-toi pour toujours;
Tu me saisis la main : devois-je me défendre?
Mon ame commençoit dès ce jour à comprendre,
Que la beauté, la grace & la douceur des traits
Ne sont pas des Humains les dons les plus parfaits.

Eve en disant ces mots embellis par ses charmes,
Ignore que contr'elle on prépare des armes;
Le feu pur de son cœur, par l'amour enflammé,
Anime ses regards, y paroît exprimé;
Et son bras s'appuyé sur l'objet qui l'enchante,
Découvre les trésors de sa beauté naissante:
L'éclat n'en est caché que par ses blonds cheveux.
Adam, dans les transports de son cœur amoureux,
Admire tant d'appas & tant d'obéissance;
Ebloüi des attraits qu'il voit en sa puissance,
Son silence & sa joie expriment son amour.

D'un œil triste & jaloux, le Roy du noir séjour
Sous son déguisement de près les considere,
Et son cœur en ces mots exhale sa colere:
Haïssables objets! quoi! je vois dans vos feux

Plus de bonheur qu'Eden n'en présente à vos vœux ?
Et moi dans les horreurs d'une prison horrible
A la joie, à l'amour, retraitte inaccessible,
Je languis en formant d'inutiles désirs.
Ce souvenir affreux aigrit mes déplaisirs;
Mais rappellons l'Arrêt qu'ici je viens d'entendre;
Le sçavoir est un bien qu'on voulut leur défendre:
Seroit-ce là le gage & l'appui de leur foi ?
Que ces vains fondemens s'écroulent devant moi.
Excitons dans leurs cœurs la soif de la Science,
Avides d'acquérir la supréme puissance,
Ils goûteront le fruit qui leur est défendu:
Alors, ainsi que moi, l'Homme sera perdu.
Dans cet espoir cherchons, sous une forme feinte,
S'il n'est point quelqu'esprit caché dans cette enceinte,
Qui vers l'Arbre fatal guide mes pas errans.
Couple heureux! jouissez, profitez de ce tems:
Dans vos premiers transports vous ne prévoyez guére,
Que vos plaisirs ne sont qu'une ombre passagere;
Que ma haine, en tourmens changera leurs douceurs,
Et que leur souvenir accroitra vos malheurs.
Bien-tôt je vous rejoins: à ces jours de délices

Succéderont ſans fin les plus cruels ſuplices.

La haine en ce moment embraſe ſes eſprits.
Il détourne ſes pas circonſpects, mais hardis,
Et parcourt les forêts, les montagnes, les plaines,
Juſqu'aux lieux où les eaux ont des bornes certaines.

L'aſtre brillant du jour ſe plongeoit dans les mers:
Ses obliques rayons en traverſant les airs,
A l'Orient d'Eden préſentent à la vuë
Un roc dont le ſommet ſe cache dans la nuë;
Sur ces lieux eſcarpés que défend Gabriel,
Un rayon du Soleil conduiſit Uriel;
Telles ſont ces lueurs en étoiles formées,
Promenant dans la nuit leurs vapeurs enflammées.
Le céleſte Habitant du ſéjour radieux
Avertit par ces mots les Miniſtres des Cieux.
Un Eſprit eſt entré dans ce paiſible Empire,
Ses regards ont trahi la fureur qui l'inſpire:
Suivez cet Ennemi, tel eſt l'ordre du Ciel.

Je reſpecte ſes Loix, lui répond Gabriel;
Et ne ſuis point ſurpris qu'au cercle de Lumiere

Vos yeux percent au loin dans la vaste carriere ;
Ici nul Etranger n'a frapé nos regards ;
Si l'Esprit infernal se cache en ces ramparts,
Il ne peut éviter ma garde vigilante.

Sur le même rayon de lumiére éclatante,
En finissant ces mots, il voit le Chérubin
Vers la mer Atlantique incliner son chemin.

Les Oiseaux de leur chant suspendent l'harmonie,
Et déja les troupeaux négligent la Prérie ;
En peignant les objets de ses sombres couleurs,
L'ombre du Crépuscule appaise les chaleurs ;
Bien-tôt la nuit approche en déployant ses voiles ;
Hespérus * sur ses pas améne les Etoiles,
Et l'Astre ¶ dont le cours jadis régla les ans,
Dans les airs ténébreux répand ses traits brillans.

Chere Eve, dit Adam, en ces instans tranquiles,
Les Etres animés rentrent dans leurs asyles ;

* L'Etoile du soir.

¶ Les Egyptiens & les Hébreux comptoient leurs années par le cours de la Lune, ce qu'on appelloit années Lunaires.

Le travail a ſon tems ainſi que le ſommeil ;
Abandonnons nos ſoins, & demain au réveil,
De cette onde rapide en détournant la ſource,
Dans ces fertiles prés nous réglerons ſa courſe :
Mais ſur nous le ſommeil verſe ſes doux pavots :
La Nature le veut : livrons-nous au repos.

La Mere des Humains dit d'une voix touchante,
Cher Epoux, en tout tems à tes vœux complaiſante,
Je ne ſçai qu'obéïr : de Dieu telle eſt la Loi :
Tu tiens de lui ta régle : Eve la prend de toi.
Avec toi tout me charme en ces belles demeures ;
J'oublie, en te parlant, les ſaiſons & les heures :
Mais le frais du matin, le lever du Soleil,
Les concerts des Oiſeaux annonçant leur réveil ;
Ces fruits encor brillans des larmes de l'Aurore,
Le parfum de ces fleurs que nous voyons éclore,
L'air pur de ce beau ſoir, le ſilence, la nuit,
La Lune dont l'éclat nous charme & nous conduit,
Les yeux du Firmament & leur céleſte flamme,
Sans toi n'ont rien de doux, rien qui plaiſe à mon ame ;
Et ta préſence unie à ces tréſors divers,

Me rend le jour plus pur, ces arbrisseaux plus verts;
Tout flâte ici le goût, l'odorat & la vuë;
La douceur de ces biens à notre ame est connuë.
Mais pourquoi dans les Cieux tant de flambeaux épars,
Tandis que le sommeil en prive nos regards?

Tes discours enchanteurs & remplis de sagesse,
De mon cœur, dit Adam, augmentent la tendresse;
Je voudrois contenter tes désirs curieux;
Ces Astres que le jour éclipsoit à nos yeux,
S'élevant par dégrés sur la Terre & sur l'Onde,
Au défaut du Soleil sont les flambeaux du Monde;
Quand nos yeux sont fermés, leurs feux étincelans,
Guident sur ces remparts nos Gardes vigilans.
En célébrant le Dieu qui renferme en lui-même
L'ordre de la Nature & le bonheur suprême,
Tu sçais que jour & nuit par de brillans concerts,
Ces célestes Esprits font retentir les airs.

En conversant ainsi, ce couple aimable & tendre,
Au berceau de l'Hymen s'empresse de se rendre;
Le Créateur choisit, pour enchanter leurs sens,

Ce lieu que la Nature orna de ſes préſens.
Le myrthe entrelaſſé dans l'oranger fertile,
En parfumant les airs, ombrage cet aſyle;
Les Zéphirs en ſilence y flâtent les ormeaux;
Sur le ſable ſans bruit ſerpentent les ruiſſeaux;
Nul Inſecte importun n'oſeroit y paroître;
De loin les Animaux y reſpectent leur Maître,
Et jamais le ſommeil n'y craint l'éclat du jour:
Des plus brillantes fleurs, Eve dans ce ſéjour,
De ſon lit nuptial émaille la verdure:
Ses graces, ſes appas (ſon unique parure)
Par ſes ſoins amoureux ſont encore embellis;
Son teint ternit l'éclat des Roſes & des Lys.

Ces Epoux de leur voix uniſſant l'harmonie,
Exaltent la ſplendeur de l'eſſence infinie:
Les autels ne ſont point garants de leurs ſermens:
Sans connoître le trouble & les déguiſemens,
Joüiſſant des tranſports d'une heureuſe innocence,
Eve aux déſirs d'Adam ſe livre ſans défenſe:
De leurs tendres amours rien n'altere les feux:
Du lien conjugal le Ciel ſerra les nœuds:

L'Homme en posséde seul la félicité pure ;
Ses sages Loix ont mis l'ordre dans la Nature ;
De-là les tendres noms & de Pere & de Fils :
Les charmes de ses Nœuds remplissent mes écrits !
Puissent-ils des Epoux rendre le cœur fidèle !
Tendre Hymen ! du bonheur, source perpétuelle,
L'amour trouve chez toi ses traits doux & constans :
Il allume à tes feux ses flambeaux éclatans ;
Et se plaît à regner sur ton durable Empire ;
Non, dans les yeux trompeurs & l'attrayant sourire
Des Objets dangereux qui vendent leurs appas ;
Qui feignant des transports que le cœur ne sent pas,
Se livrent sans désirs & se pâment sans joie :
De leur art séducteur l'Amant rendu la proie,
Dans sa folâtre ivresse adore des attraits,
Qu'il méprise & promet de ne revoir jamais ;
L'Amour fuit les cœurs faux, intéressés, volages.

Couchés nuds sur des fleurs, à l'ombre des feuillages,
Les bras entrelassés, les deux jeunes Epoux
S'endorment aux concerts des Rossignols jaloux,
Les Roses sur leur lit pleuvent en abondance :

A mille autres le jour donne bien-tôt naiſſance :
Couple heureux ! pour garder un ſi parfait bonheur,
Du déſir de ſçavoir préſervez votre cœur.

La nuit avoit rempli la moitié de ſa courſe ;
Du Pôle du Midi juſqu'au cercle de l'Ourſe,
Conſervant dans Eden leurs rangs acoutumés ;
Les brillans Chérubins ſe préſentent armés,
Gabriel à leurs chefs en ces termes s'adreſſe :

Dans ces bois enchantés, Anges, veillez ſans ceſſe :
Tandis que ces Amans ſe livrent au repos,
D'un Ennemi ſécret prévenez les complots.

Auſſi prompts que les feux qui ſortent d'un nuage,
Les Anges empreſſés volent vers cet ombrage ;
L'Impoſteur ſous les traits d'un Reptile * odieux,
Eſt le premier objet qui paroît à leurs yeux ;
Près de l'oreille d'Eve, il lui peignoit en ſonge,
Les Phantômes flatteurs qu'enfanta le menſonge :
Du déſordre des ſens n'aquit l'illuſion,

C

* Satan avoit pris la figure d'un Crapaud.

Y semant par dégrés la vaine ambition ;
Son but est de corrompre en la simple nature,
Des esprits animaux, la trace saine & pure :
Il sçavoit que de-là naissent les vains désirs,
Le fol espoir, l'ennui, les cruels déplaisirs.

Le faux ne soutient point l'œil d'un Etre céleste ;
Un Ange de son dard atteint l'esprit funeste ;
Il s'élance en quittant son vil déguisement,
Tel qu'un amas de poudre enflammé brusquement,
Dont les feux réservés pour d'horribles batailles,
S'échappent dans les airs, & brisent les murailles.

Etonnés à l'aspect de l'Ennemi des Cieux,
Mais ne redoutant point ses desseins furieux :
Les bataillons brillans environnent la plaine,
Où ce Traître surpris croit sa perte certaine;
Dans le centre des rangs, quoique saisi d'horreur,
Il voile un trouble affreux sous un calme trompeur.
Comme le Téneriffe & l'Atlas immuable,
Elevant jusqu'aux Cieux son front inébranlable,
Il porte la terreur sur son casque guerrier ;

Son bras paroît armé d'un vaste bouclier ;
De son cœur orgueilleux rien n'abat le courage ;
Mais sans espoir de vaincre, étouffé par la rage,
Tel qu'un Coursier fougueux retenu par son mords,
Il bat la terre, écume ; après de vains efforts,
On voit enfin fléchir sa valeur intrépide :
Pour cacher sa frayeur ; il prend un vol rapide ;
S'éléve dans les airs, menace, tremble, fuit,
Emportant avec lui les ombres de la nuit.

Fin du second Chant.

TROISIÉME CHANT.

ARGUMENT.

EVE raconte à Adam un songe qui l'a effrayée pendant la nuit. Son Epoux la console : Ils font leur priere à Dieu, qui envoye Raphael avertir l'Homme de faire un bon usage de sa liberté, & d'être en garde contre les artifices du Tentateur. Arrivée de l'Ange dans le Paradis terrestre. Adam va au-devant de lui, & l'invite à se reposer à l'ombre de son Berceau.

LE PARADIS TERRESTRE.

TROISIE'ME CHANT.

L'Amante de Tithon en répandant des larmes,
A peine eut embelli l'Orient par ses charmes,
Qu'Adam ouvre les yeux après un doux sommeil;
Le calme de son cœur ne craint point le réveil:

Le vent frais du matin agitant le feuillage,
Des habitans de l'air lui porte le ramage;
Mais il est étonné que leurs chants & le jour
N'éveillent point encor l'objet de son amour;
Les cheveux d'Eve épars, la rougeur qui l'enflamme,
Peignent dans son sommeil le trouble de son ame.
Adam saisi de crainte & d'amour transporté,
De sa charmante épouse admire la beauté.
Le réveil, le repos, tout lui prête des charmes;
Tant d'appas réünis suspendent ses allarmes;
Il lui serre la main en modérant ses feux,
Et sa voix imitant le Zéphyre amoureux,
Qui murmure de joye aux approches de Flore,
Fait entendre ces mots à celle qu'il adore:

Chère Eve, don des Cieux, source des vrais plaisirs,
Objet toujours nouveau de mes tendres désirs,
Eveille toi: L'aurore à nos soins nous rappelle;
La verdure a repris une fraîcheur nouvelle;
L'onde joint son murmure aux concerts des oiseaux;
Mille naissantes fleurs ornent ces arbrisseaux;
L'abeille en vient puiser la liqueur la plus pure;

Nous perdons le moment d'admirer la Nature,
Et les heureux ſuccès de nos ſoins aſſidus.
Il dit : Eve l'embraſſe ouvrant ſes yeux émus,
Et lui tient ce diſcours d'un ton craintif & tendre ;
Que mon cœur eſt ravi de te voir, de t'entendre !
Les erreurs du ſommeil m'ont ſouvent retracé
Nos amoureux projets, notre bonheur paſſé.
Cette nuit, Dieu puiſſant ! (Ah ! quel funeſte ſonge !)
Eſt-ce une vérité ? Seroit-ce un vain menſonge ?
Quel trouble s'eſt mêlé dans mes ſens aſſoupis !
Le ſon d'une voix douce a frapé mes eſprits ;
Il me ſembloit t'entendre : Eve, viens, diſoit-elle ;
Ne perds point une nuit & ſi fraîche & ſi belle :
Ces Aſtres que tu vois brillent pour t'éclairer
Ce ſont les yeux du Ciel ouverts pour t'admirer
Tandis que le ſommeil te cache leur lumiére,
Ils parcourent envain la céleſte carriére.
A ces mots, je me léve, & crois ſuivre tes pas ;
Je cours en te cherchant ; ton ombre fuit mes bras.
Seule dans ces forêts je dirige ma route,
Vers l'arbre défendu que j'admire & redoute ;
Les flambeaux de la nuit, le trouble de mes ſens

M'en font paroître encor les fruits plus ravissans.
Soudain à mes regards il se présente un Etre
Semblable aux purs Esprits qu'ici l'on voit paroître;
Les Zéphirs agitoient ses cheveux parfumés;
Sur l'arbre défendu fixant ses yeux charmés,
Depuis long-tems, dit-il, après toi je soupire:
Qui pourroit me priver d'un bien que je désire?
Il s'avance, & bien-tôt d'un téméraire bras,
Atteint le fruit fatal qui cause le trépas;
Il le goûte sans crainte; ô funeste entreprise!
Tandis que ma terreur égale ma surprise,
Dans sa joie il s'écrie: Arbre mistérieux!
Tes dons ainsi ravis, m'en sont plus précieux;
Ne serois-tu créé que pour l'Etre suprême?
Tu sçais élever l'Homme au dégré de Dieu même;
Plus on peut partager la source du bonheur,
Plus on donne de gloire à son premier Auteur.
Eve, poursuivit-il, Souveraine du monde,
Pour recueillir ces biens, que ta main me seconde;
En transformant ton Etre, en t'élevant aux Cieux,
Ils rendront ton destin égal au sort des Dieux:
A ce discours flatteur, soudain l'Esprit céleste

Sur mes lévres porta le fruit doux & funeſte;
Qu'il me parut exquis ! Mon ame au même inſtant
Sentit pour ce ſeul fruit un déſir trop conſtant.
Auſſi-tôt dans les airs je me crus tranſportée,
Avec l'Eſprit céleſte au Ciel déja montée;
Tandis que mes regards admiroient l'Univers,
Mon guide diſparut, je retombai des airs:
Un ſommeil plus profond calma mon ame émuë.
Quel charme ! A mon réveil Adam s'offre à ma vuë,
Et les nouveaux objets qui m'ont troublé les ſens,
Sont des ſonges légers enlevés par les vents.

O moitié de moi-même, & la plus accomplie,
Je ſens, dit-il, l'effroi dont ton ame eſt remplie:
Ces phantômes confus inſpirent la terreur;
Auroient-ils pour principe une coupable erreur?
Non: D'un deſſein pervers, la ſubite apparence,
En ton cœur créé pur n'a pû prendre naiſſance;
Apprens que dans notre ame il eſt divers reſſorts
Soumis à la raiſon qui régle leurs accords;
L'imagination au ſecond rang placée,
Par l'organe des ſens engendre la penſée;

Des objets différens elle se peint les traits ;
La raison les efface, ou les rend plus parfaits ;
De-là le jugement naît avec la science :
L'homme dans le sommeil privé de connoissance,
Est en proie aux erreurs que lui dictent les sens ;
De la vérité même ils prennent les accens :
Les bizarres portraits & les vains assemblages,
Dont la mémoire prompte offre alors les images,
Viennent des traits récens gravés dans le cerveau.
De nos derniers discours ton songe est le tableau,
Mais d'étranges couleurs en chargent la peinture.
Pour un mal à venir, n'en tire point d'augure :
Non : sans la volonté rien ne corrompt le cœur ;
D'un crime qu'en dormant tu vis avec horreur,
En veillant ton Esprit n'eût point été complice :
Je te connois, belle Eve, & je te rends justice ;
Que ce nuage obscur ne couvre plus tes yeux :
Reprens ton air serein : joüis de ces beaux lieux ;
Retournons cultiver nos fertiles Campagnes ;
Déja le jour paroît au sommet des montagnes :
L'Etoile du matin fuit l'éclat du Soleil ;
Nos troupeaux par leurs cris annoncent leur réveil,

Et des plus doux Parfums pour exhaler l'essence,
La jonquille & le mirthe attendent ta présence.

Dans un profond silence, Eve en versant des pleurs,
A ces mots consolans sent calmer ses frayeurs;
Le trouble de son ame avoit terni ses charmes:
Les lévres d'un Epoux recueillirent ses larmes:
Dans leurs embrassemens leur crainte s'éclipsa,
Et ce Couple parfait dans les champs s'avança.
Tandis qu'ils descendoient dans un Vallon champêtre,
Ils voyoient sous leurs pas l'émail des Prés renaître,
Les reptiles déja chercher l'ombre des bois,
Et les Monstres soumis accourir à leur voix.
Les dons du Créateur leur inspirent sans cesse
De nouveaux sentimens d'amour & d'allégresse:
Leurs accens réunis, variés sans efforts,
Des plus brillans concerts surpassent les accords,

A peine le Soleil commençoit sa carriére,
Que du fond de leur cœur s'élance leur priére;
O suprême Moteur de ce vaste Univers,
Quel être peut compter tes ouvrages divers?

Ta grandeur, ta bonté, passent nos connoissances:
Chantez, Esprits du Ciel, souveraines Puissances,
Il convient à vos voix d'exalter l'Eternel;
Avec vous rendons-lui ce devoir solemnel:
Astres, Cieux, Elémens, par un accord fidèle,
Célébrez la splendeur de sa gloire immortelle:
Vous habitans des airs, de la terre & des eaux,
Vous êtes les témoins de nos transports nouveaux:
Echos, vous répétez chaque jour nos hommages:
Grand Dieu, peins dans nos cœurs les plus pures images,
Daigne en bannir l'erreur que le sommeil produit,
Comme le jour éteint les flambeaux de la nuit.
Leur priére toucha le Souverain des Etres.
Tandis qu'ils s'ocupoient sous l'ombrage des hêtres,
Pars, dit-il, Raphaël, réponds aux vœux d'Adam:
Apprens-lui les desseins de l'orgueilleux Satan;
De sa felicité retrace-lui l'image;
De sa libre raison qu'il songe à faire usage:
Muni de tes conseils, s'il transgresse mes loix,
Qu'il n'impute ses maux qu'à son funeste choix.

L'Archange, en traversant les célestes cohortes,

Voit à l'inſtant du Ciel s'ouvrir les vaſtes portes.
Aucun nuage épais ne lui borne les yeux;
La terre lui paroît un globe radieux:
Telle ſemble la Lune en la voûte étoilée,
A travers l'œil perçant qu'inventa Galilée.
Inſtruit des volontés de l'Etre Souverain,
Par la plaine des airs le brillant Séraphin,
De ſes Courſiers aîlés laiſſant flotter les rênes,
Auſſi vîte qu'un trait, arrive vers les plaines,
Où l'épouſe d'Adam, ſans remarquer ſon char,
Du ſuc de mille fruits compoſoit un nectar.

Le Pere des Humains s'écria, charmante Eve,
Hâte-toi : que ta vuë à l'Orient s'éleve:
Vois près de nos remparts cet objet éclatant;
Il ſemble que l'aurore y renaiſſe à l'inſtant:
Sans doute il vient des Cieux chargé d'un grand meſſage;
Il daignera peut-être entrer ſous cet ombrage:
Choiſis dans tes Parfums l'encens le plus exquis;
Au céleſte Etranger ces Tréſors ſont acquis:
Ils nous viennent du Ciel; apprens de la Nature
A prodiguer des biens qu'elle offre ſans meſure.

Oui, cher époux, dit-elle, assemblons en ce jour
Les fleurs que les saisons nous donnent tour-à-tour.
Tandis qu'elle en formoit l'agréable mélange,
Le premier des Humains s'avance seul vers l'Ange.

L'éclat que votre aspect répand en ces beaux lieux;
Nous annonce, dit-il, un Habitant des Cieux;
Daignant abandonner l'orbe qui les enserre,
Voudrez-vous un instant demeurer sur la terre,
Et choisir cet abri contre l'ardeur du jour?
Les deux seuls Habitans de ce vaste séjour,
De leurs biens à vos piés répandront l'abondance.

L'Envoyé du Très-haut rompt ainsi le silence:
Homme chéri du Ciel, dans ces champs conduis-moi:
Tout y ravit les sens & fléchit sous ta loi.
Jusqu'au déclin du jour y bornant ma carriére,
A ta raison mon ame offrira sa lumiére;
Nos regards plus perçans embrassent plus d'objets:
Il se trouve à ces mots à l'ombre des bosquets:
Et dans ces lieux ornés des présens de Pomone,
Où Flore rassembloit le Printems & l'Automne:

La premiere beauté, source du genre-humain,
Se présente sans voile aux yeux du Séraphin :

Fille des Cieux, dit-il, ornement de ce monde;
O toi de qui doit naître une race féconde,
Comble par tes vertus le bonheur d'un époux.
Nos Peres à ces mots embrassent ses genoux.
Eve de l'innocence ayant l'heureux partage,
Ne sent point par la honte enflammer son visage;
De ses mains Raphaël, dans ces bois enchanteurs,
Est parfumé d'encens & couronné de fleurs.
Le Ciel en ce moment l'eût-il jugé coupable,
De sentir de l'amour le trait inévitable?
Mais les sens modérés des célestes Esprits,
Par un trouble imprévu ne sont jamais surpris.

Fin du troisième Chant.

QUATRIÉME CHANT.

ARGUMENT.

Raphael apprend à Adam que l'Ennemi qui a juré sa perte, est le même Satan qui entraîna une partie des Légions du Ciel dans la révolte. Histoire de cette révolte. Entretiens de l'Ange avec Adam sur l'origine du Monde. Adam raconte ce qui s'est passé depuis sa création : comment Dieu lui donna une Compagne, & leur premiere entrevûe : l'Ange le quite & retourne au Ciel.

LE

LE PARADIS TERRESTRE.

QUATRIE'ME CHANT.

A L'ombre des Palmiers, dans une paix profonde,
Adam avec l'Archange assis aux bords de l'onde,
Ne pouvant contenir ses désirs curieux,
Ose l'interroger sur les secrets des Cieux.

D

Il voudroit de son être aprofondir l'essence,
Concevoir des Esprits la pure intelligence,
Et de son Créateur pénétrer les projets.

Sois fidèle, dit l'Ange, à ses sages décrets.
L'Homme fait pour joüir, n'est point né pour connoître;
Un seul Etre parfait, à tout a donné l'être;
De tout il est la fin, & l'objet & l'Auteur:
Que toujours son amour préside dans ton cœur;
Tu fus créé sans tache, & non incorruptible:
Tu ne suis point la loi d'un destin invincible;
Le mérite ne naît que de la liberté:
La vertu perd son prix par la nécessité.
Les Habitans du Ciel ont le même avantage:
Quelques-uns au Très-haut refusant leur hommage,
Furent du Firmament plongés dans les Enfers;
Apprens de leur destin l'éclat & les revers.

La chûte des Esprits, leurs combats invisibles,
A de terrestres sens deviendront-ils sensibles?
Comment te dévoiler les Misteres des Cieux?
Essayons cependant de tracer à tes yeux

Les substances du Ciel sous des formes humaines.

Rien dans l'Eternité n'a d'époques certaines ;
Avant que du Néant sortît cet Univers,
Le Monarque suprême élevé sur les airs,
Assembla près de lui les Ordres Angéliques ;
Vous voyez, leur dit-il, Puissances Séraphiques,
Mon fils au haut des Cieux, triomphant près de moi ;
Je veux que tout ici fléchisse sous sa Loi.
On se tût à cet ordre ; on parut y souscrire :
Mais un parti secret redoutoit cet Empire :
Le superbe Satan osa se déclarer.
Quoi ! leur dit-il, Esprits, voudrez-vous adorer
Un Etre égal à nous en éclat, en puissance ?
Qui pourroit nous soumettre à son obéissance ?
Immortels comme lui, créés avant les tems,
Bravons le Ciel, les Loix & les événemens ;
Ranimons en nos cœurs l'ambition, la gloire,
Et risquons de tomber en cherchant la victoire.

Il dit, & cet espoir porté de toutes parts,
Entraîne à la révolte ; on suit ses étendarts.

Un murmure ſemblable au roulement des ondes,
Des Cieux va retentir aux demeures profondes;
Le tumulte s'accroit : les Eſprits révoltés,
Forment un bataillon égal de tous côtés :
Et le Chef odieux des infidèles Anges
Donne l'ordre & conduit ſes nombreuſes Phalanges.

La diſcorde eut à peine excité leurs fureurs,
Que l'Etre qui voit tout, découvrant tant d'horreurs,
Renverſe les projets de la Troupe rébelle :
Il ordonne à ſon Fils de s'avancer vers elle;
D'armer ſon bras vengeur, & qu'un ſeul de ſes traits
Du céleſte ſéjour les banniſſe à jamais.
Son Fils part à ſa voix, & plonge dans l'abîme
Ces brillans Bataillons orgueilleux de leur crime.
Je retrace à regret ce funeſte moment;
Tremble de mériter un pareil châtiment :
Je viens pour t'avertir qu'un des Anges rébelles
Veut te ſéduire ici par des ruſes cruelles :
Sa fureur pour te perdre oſera tout tenter;
Libre, tu peux te rendre, & tu peux réſiſter;
Crains d'attirer ſur toi la céleſte vengeance.

Les deux premiers Humains dans un profond ſilence,
De cet affreux récit reſtent long-tems ſurpris.
Malgré ſon trouble, Adam rappelle ſes Eſprits,
Son cœur eſt dévoré du déſir de connaître
Le tems qui précéda le jour qui le vit naître,
Et comment du Cahos ſe forma l'Univers.
Tel eſt un Voyageur dans de brûlans Déſerts,
A peine a-t'il goûté l'eau qui le déſaltere,
Qu'au murmure attrayant de l'onde ſalutaire,
Il ſent renouveller ſa ſoif & ſon ardeur.
Sur les nouveaux déſirs qui naiſſent dans ſon cœur,
Adam au Séraphin en ces termes s'exprime :
Quel tribut peut payer l'inſtruction ſublime,
Que par l'ordre du Ciel nous recevons de vous ?
Bornez-vous les faveurs que vous verſez ſur nous ?
Ne daignerez-vous pas inſtruire nos oreilles
Du pouvoir qui créa la Terre, & ſes merveilles,
L'Homme, les Elémens & les flambeaux des Cieux ?

Comblons, dit Raphaël, tes déſirs curieux :
Autant qu'il m'eſt permis, j'y ſerai favorable ;
Mais de parler de Dieu quelle bouche eſt capable ?

Je vais en révéler ce qui peut te ſervir ;
Que ta ſoif de ſçavoir puiſſe ainſi s'aſſouvir :
Il eſt aſſez d'objets qu'on te laiſſe à comprendre :
L'ame, ainſi que le corps ne peut tout entreprendre ;
L'excès des alimens en détruit les reſſorts.
Tu ſçais par mes récits qu'après de vains efforts,
Les Anges criminels cédérent la victoire ;
Le Fils du Tout-puiſſant revint couvert de gloire,
Entouré des Eſprits fidèles à ſes Loix :
Bien-tôt de l'Eternel le Ciel entend la voix ;
Sa ſeule volonté régle la deſtinée :
Ma puiſſance, dit-il, par nul Etre bornée,
Ignorant le hazard & la néceſſité,
Marque de l'Univers l'eſpace limité.
Ici pour remplacer cette Troupe infidèle,
Créons un nouveau Monde, une race nouvelle ;
Terre, ſors du Cahos, & nage dans les airs ;
Lumiere, en un inſtant éclaire l'Univers ;
Que l'eau du Firmament, de la mer ſe ſépare ;
De verdure & de fruits que la Terre ſe pare ;
Cieux, brillez, ornez-vous de globes lumineux ;
Que les jours & les tems ſe diviſent par eux ;

Oiseaux, remplissez l'air; naissez, peuples de l'Onde:
Qu'en divers animaux la terre soit féconde:
Que l'homme existe enfin, & soit créé parfait:
Qu'il regne sur ce monde: il dit, & tout fut fait.

Mes discours ont rempli le désir qui t'enflamme:
Le passé, poursuit l'Ange, est présent à ton ame;
Sur tes doutes naissans tu peux m'interroger.

Vos récits m'ont ravi, respectable Etranger,
Reprit le premier Homme: accordez à mon zèle,
A ma vive priére, une grace nouvelle.
Quand les Astres du soir précipitant leur cours,
Du sommeil qui les suit m'offriroient le secours,
Vos accens enchanteurs détruiroient sa puissance.
Avant que ces beaux lieux soient livrés au silence,
Apprenez-moi le cours de ces globes divers;
Le Soleil en un jour parcourt-il l'Univers?
Ou la Terre en tournant voit-elle disparaître
Cet Astre dont l'éclat au matin doit renaître?
Régle-t'il pour nous seuls les saisons & les jours?

Lorsqu'Adam commença ce sublime discours,
Eve qui conservoit un modeste silence,
A l'objet de ses feux dérobant sa présence,
Court arroser ses fleurs qui parfument les vents;
Non, qu'elle ne conçût ces entretiens sçavans:
Mais son ame sensible aime mieux les entendre
De la bouche d'Adam, charmé de les lui rendre;
Sa vive ardeur lui dit qu'elle exposera mieux
Ses doutes à lui seul, qu'à l'Envoyé des Cieux;
Elle sçait qu'il joindra la joie & la tendresse
Aux sublimes leçons que dicte la sagesse,
Et que toujours l'Amour finira l'entretien;
Sans les baisers d'Adam, Eve ne comprend rien,
Quand de pareils époux reviendront-ils au monde!

Attendant qu'à ses voeux l'Hôte divin réponde,
De l'oeil, Adam suit Eve à travers ses bosquets;
Pour un moment d'absence il sent mille regrets;
Les graces, les plaisirs s'envolent avec elle.
L'homme reste distrait: l'Ange à lui le rapelle,
Et veut par ce discours éteindre dans son coeur
De la soif de sçavoir la violente ardeur,

J'approuve le penchant qui te porte à t'instruire;
Mais aux objets des sens ce soin doit se réduire.
Sans comprendre les Cieux, il faut les admirer;
Leur Maître a des décrets que tu dois ignorer;
Ce Dieu qui créa tout, se rit des vains systêmes,
Que l'Homme formera sur ses secrets suprêmes.
L'un fixera la Terre au sein de l'Univers:
L'autre autour du Soleil la verra dans les airs,
Sur soi-même tournant, parcourir sa carriére,
On voudra diviser les traits de la lumiére,
En sondant la Nature expliquer ses ressorts,
Prouver l'impulsion, l'attraction des corps;
Des Sectes de tout genre en chimeres fécondes,
Du choc des Elémens, enfanteront des mondes:
D'atomes réünis tout prendra forme un jour,
Et le vuide & le plein regneront tour à tour.
Ces systêmes divers, enfans de l'ignorance,
L'un par l'autre détruits confondront la science:
Qu'ils n'excitent jamais tes désirs curieux:
Connois tes vrais besoins en ces terrestres lieux;
Le sçavoir trop profond, les questions subtiles
Ne s'exercent jamais sur des objets utiles;

Sans former d'autres vœux, par l'Amour enchanté,
D'Eve en ce beau séjour fais ta félicité.
La sagesse consiste à prendre avec mesure,
Les biens & les plaisirs offerts par la Nature.
L'astre du jour est loin de terminer son cours :
A ton tour répons-moi : poursuivons nos discours ;
Adam, avec plaisir j'entendrai ton histoire :
La suite n'en est point gravée en ma mémoire ;
Quand tu reçus le jour, le Dieu de l'Univers
M'ordonna de veiller aux portes des Enfers ;
Dis-moi ce qui suivit l'instant qui te vit naître.

L'Homme obéit ainsi : Je vis le jour paraître,
Tel qu'il frappe les yeux, au moment du réveil,
Couché sur le gazon, je sortis du sommeil :
Mes regards étonnés vers les Cieux se tournérent,
Mes membres engourdis sur mes piés se levérent :
Je vis dans les vallons serpenter les ruisseaux :
Les bois retentissoient du doux chant des oiseaux :
Qu'avec ravissement j'admirai la Nature !
Je fixe enfin les yeux sur ma propre structure ;
Je veux, en m'agitant, essayer mes ressorts ;

J'avance & je les ſens m'obéir ſans efforts.
Peignez-vous cet inſtant & ma ſurpriſe extrême ;
Sans ſçavoir où j'étois, & m'ignorant moi-même,
Je cherche à m'exprimer : ſoudain je rends des ſons ;
Pour tant d'objets nouveaux je forme divers noms :
J'interroge le Ciel & toute la Nature.
Brillantes eaux, diſois-je, & vous fleurs & verdure,
Toi, Soleil, dont l'éclat embellit ce ſéjour,
Dites : le ſçavez-vous ? qui m'a donné le jour ?
Je ne tiens point de moi le pouvoir qui m'anime ;
Mon Créateur doit être une eſſence ſublime ;
Inſtruiſez-moi : comment dois-je ici l'adorer :
Je m'adreſſe aux objets que je vois reſpirer ;
Aux accens de ma voix, tout demeure en ſilence ;
Attentif, inquiet, errant dans l'ignorance,
Chaque Etre différent fixe mes yeux ſurpris.
Un déſir curieux ranime mes eſprits,
Et mes pas incertains précipitent leur courſe ;
Dieu m'arrête, & me dit : de tout je ſuis la ſource ;
Parle, que cherches-tu ? je puis tout te donner :
La joie & le reſpect m'avoient fait proſterner ;
Léve-toi, pourſuit-il, joüis de ma préſence ;

Je soumets ces beaux lieux à ton obéissance :
N'appréhende jamais d'en épuiser les dons ;
Mais il est au milieu de ces amples moissons,
Près de l'arbre de Vie, un arbre redoutable :
Te rendant plus sçavant, il te rendroit coupable :
Crains d'en goûter les fruits & d'enfraindre une Loi,
Que je te donne ici pour gage de ta foi :
La mort suivroit de près ta désobéissance :
De ton heureux état perdant la jouissance,
Du crime & des remords tu sentirois les maux.
D'un ton ferme & sévere, il prononça ces mots :
Le son en retentit encore à mes oreilles ;
Bien-tôt d'un front plus doux, l'Auteur de ces merveilles,
En m'établissant Roy de ce vaste Univers,
Rassembla sous mes yeux les animaux divers.
Leur nombre m'étonna ; mais mon inquiétude
Cherchoit un autre objet dans cette solitude ;
J'osai porter mes vœux à la Divinité :
Sous quel nom, m'écriai-je, invoquer ta bonté ?
Auteur de la Nature, ô substance suprême,
Tu peux seul, Dieu puissant, te suffire à toi-même ;
Mais dans la solitude où je me vois réduit,

L'abondance des biens que ce climat produit,
Ne remplira jamais le désir qui m'enflamme;
Je ne sçai quel objet manque aux vœux de mon ame.
Les Etres animés que tu mets sous mes loix,
Sans pouvoir me comprendre accourent à ma voix:
De sentir tes bien-faits, leur cœur est-il capable?
Pour partager tes dons, donne-moi mon semblable:
Daigne écouter mes vœux: achéve mon bonheur.
J'obtins ces mots sacrés du puissant Créateur:

Dans tes vœux réfléchis, j'admire mon ouvrage;
Je t'ai fait pénétrant, éclairé, libre & sage:
J'ajoûte à tant de dons l'objet de tes désirs;
Tu trouveras bien-tôt pour combler tes plaisirs,
Un Etre intelligent, image de toi-même.

Dieu cessa de parler (ou dans mon trouble extrême,
Ne pouvant soutenir le céleste entretien,
Je demeurai sans force & n'entendis plus rien)
De mes ressorts nouveaux soudain je perds l'usage;
Du néant d'où je sors je retrouve l'image:
Sur un mont émaillé de verdure & de fleurs,

L'espoir livrant mon ame à des songes flatteurs,
Le sommeil répara mes forces épuisées:
De mes sens il fut maître, & non de mes pensées;
En esprit je vis Dieu dérober de mon sein
Une part de moi-même, & bien-tôt de sa main
M'en former pour compagne une figure humaine;
Ainsi de l'Univers naquit la Souveraine;
Tout ce que la Nature étale de beautés,
L'accord de ses apas l'offre aux yeux enchantés.
Son aspect ravissant produisit en mon ame,
Ce feu doux & secret qui l'agite & l'enflamme;
Par son pouvoir mon cœur plein de saisissemens,
Pour la premiere fois sentit ces mouvemens.
Cet objet disparut, & soudain la tristesse,
De mes sens interdits se rendit la maîtresse.
Je m'éveille, je cours & le cherche en tous lieux,
Résolu, si jamais il ne frappoit mes yeux,
De vivre sans plaisirs, sans bonheur & sans joie;
A cet instant vers moi le Créateur l'envoie,
Et mon œil enchanté revoit l'objet charmant,
Dont mon ame admiroit les appas en dormant;
Ses célestes regards retracent à ma vuë,

Tout l'attrait qu'eut pour moi leur image inconnuë.
Ne pouvant retenir les transports de mon cœur,
Je m'écriai : grand Dieu ! tu combles mon bonheur :
De tes dons infinis voici le don suprême ;
Sous des traits différens c'est un autre moi-même :
Je vais donc posséder l'objet de mes désirs.

Eve apperçoit ma joie : elle entend mes soupirs,
Près de moi son penchant la presse de se rendre ;
Mais un trouble secret l'oblige de m'attendre,
Et de ses feux naissans suspend la vive ardeur.
A mon premier abord une tendre pudeur,
En détournant ses pas, lui fait baisser la vuë ;
Je la suis, & bien-tôt une force inconnuë,
Après un foible effort, la livre entre mes bras.
Au Berceau nuptial je dirige ses pas.
Son teint vif effaçoit les couleurs de l'aurore :
J'embrasse avec transport la beauté que j'adore :
Pour hâter mes plaisirs, la nuit couvre les champs :
L'hymen est célébré par vos célestes chants.
L'air jusqu'à nos échos en porte l'harmonie,
Le tendre Rossignol y joint sa mélodie,

Et les Zéphirs ravis, plus amoureux des fleurs,
De la feuille agitée emportent les odeurs.
Envoyé du Très-haut, je viens de vous décrire
Mon suprême bonheur dans ce terrestre Empire :
La Nature infinie en sa diversité,
De mes soins curieux flâte l'activité ;
Mais de tant de trésors, le choix, la joüissance
N'usurpent sur mon cœur qu'une foible puissance,
Et près du seul objet d'où naissent mes plaisirs,
Un feu secret sans cesse enflamme mes désirs :
Ma raison de mes sens ne se rend plus maîtresse.
Ou j'ai pour ma compagne un excès de foiblesse,
Ou sa beauté présente un attrait trop puissant ;
Tant d'appas n'auroient-ils qu'un charme éblouissant ?
Le Ciel pour les former affoiblit-il mon être ?
Quel trouble me saisit en la voyant paraître !
Ses conseils à mon gré plus justes que les miens,
Contraignent mes désirs à se soumettre aux siens ;
Je céde à son pouvoir : près d'elle je m'oublie,
Et ma sagesse même a l'air de la folie.

L'Ange voyant Adam trop rempli de ses feux,

Calma

Calma par ce discours ses transports amoureux:
Modere tes ardeurs : la beauté qui t'enflamme,
Doit regner sur ton cœur, sans asservir ton ame.
Tu sçais que son pouvoir réside en ses attraits;
Songe que ta raison l'emporte sur ses traits;
(L'estime de soi-même est souvent nécessaire)
Mais conduis sans fierté l'objet qui veut te plaire;
Dans ses regards le Ciel, pour combler ton bonheur,
Au pouvoir de leurs feux réunit la douceur,
Et lui fit des vertus dignes de ta tendresse,
Crains à ses yeux perçans de montrer ta foiblesse;
Pour lui faire estimer les dons les plus parfaits,
Préfere ses vertus à ses brillans attraits;
Aux douceurs de l'amour livre-toi sans allarmes:
Mais de la passion crains les dangereux charmes;
Le véritable amour enflamme sans fureur;
Il éclaire l'esprit; il éleve le cœur;
Et de la volupté fuyant l'attrait funeste,
Son feu pur par dégrés méne à l'amour céleste.

L'Homme s'excuse ainsi du trouble de ses sens:
La douceur, la raison, les tendres sentimens,

De ma belle Compagne ennobliſſent les graces :
Ces ſolides vertus m'entraînent ſur ſes traces ;
Une union parfaite accorde nos eſprits :
De mon enchantement ne ſoyez point ſurpris :
Ce ſentiment vainqueur, loin d'avilir ma gloire,
Des faveurs du Très-Haut me remplit la mémoire ;
Je me crois un rayon de vos céleſtes feux.
Pardonnez à mon cœur, s'il s'égare en ſes vœux ;
L'amour pur, dites-vous, méne à l'amour ſuprême :
D'en connoître l'ardeur mon déſir eſt extrême.
Les céleſtes Eſprits aiment-ils comme nous ?
Comment expriment-ils leurs tranſports les plus doux ?

Le front du Séraphin devint comme l'aurore :
Un feu plus vif, dit-il, ſans tourment nous dévore.
Ne te ſuffit-il pas de nous ſçavoir heureux ?
Il n'eſt point de bonheur ſans tranſports amoureux ;
Nos déſirs immortels trouvent des joüiſſances,
Dans l'intime union de nos intelligences.
Ainſi dans ces vallons vous voyez les ruiſſeaux,
Se chercher dans leur cours, & confondre leurs eaux,
Ou l'air ſubtil ſe joindre à l'air qui l'environne ;

A d'éternels plaisirs notre ame s'abandonne;
Et s'unit sans obstacle à l'objet de ses feux.
Mais le Soleil descend de son char lumineux;
Il me sert de signal, mon départ doit le suivre:
En cet état heureux puisses-tu toujours vivre!
Aime Eve, mais sur-tout chéris le Créateur;
Que les plaisirs des sens n'enivrent point ton cœur;
Le sort du genre-humain dépend de ta prudence;
Souviens-toi d'observer la Loi d'obéissance:
A ces mots, Raphaël s'envole dans les Cieux!
Adam sous son berceau le suit encor des yeux.

Fin du quatrième Chant.

CINQUIÈME CHANT.

ARGUMENT.

Satan sans être apperçu par les Anges, revient pendant la nuit dans le Paradis Terrestre, il se cache sous la figure d'un Serpent. Adam & Eve reprennent leurs travaux. Adam vaincu par les instances d'Eve consent, qu'elle aille travailler loin de lui. Le Serpent la trouve seule, & lui persuade de manger du fruit défendu. elle engage Adam à suivre son exemple; à l'instant leurs yeux sont ouverts : ils s'apperçoivent de leur nudité pour la premiere fois.

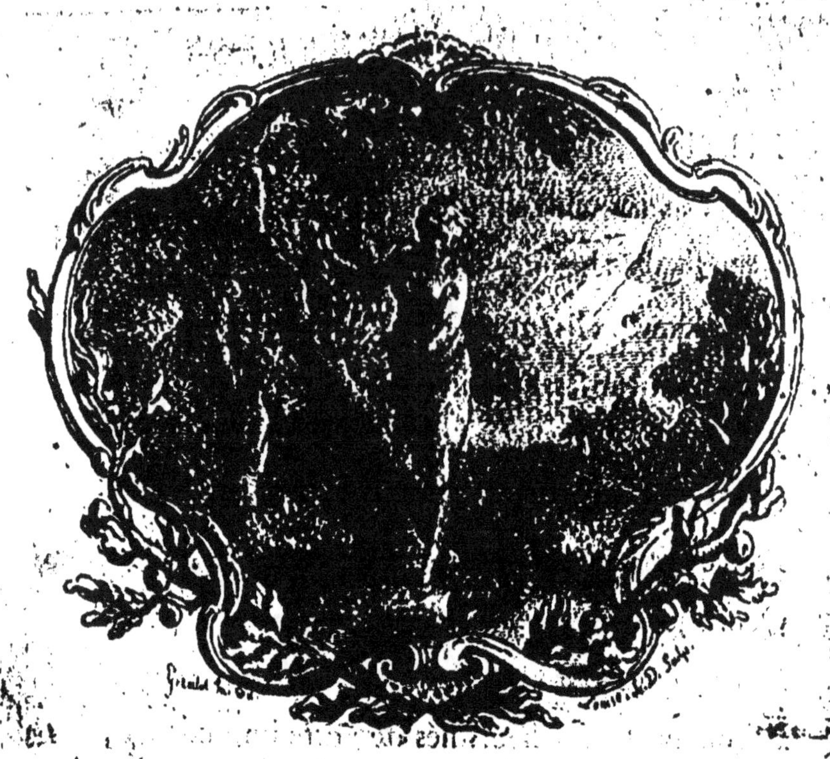

LE PARADIS TERRESTRE.

CINQUIE'ME CHANT.

CHangez vos sons, ma Lyre, & vos tendres accords :
Pour des tons effrayans redoublez vos efforts.
De l'Homme heureux, instruit, visité par les Anges,
Je ne dois plus ici célébrer les loüanges,

Ni les bien-faits de Dieu versés sur les Humains.
Il faut de ces tableaux obscurcir les desseins,
Représenter l'horreur d'un crime volontaire,
Les Elémens changés, le Ciel dans sa colere,
Et le moment fatal qui livra l'Univers
A la mort, au péché, nés du sein des Enfers,
Quels travaux pour mon Sexe ennemi des allarmes,
Foible, tremblant, formé pour l'amour & ses charmes!
Quoi! je vais rappeller des maux causés par nous!
Belles, qui m'en blâmez, ayez moins de courroux:
Racontant les malheurs issés de votre imprudence,
Je montre de vos traits le charme & la puissance.
Les Peintres des fureurs d'Achille & de Turnus,
Des revers de Priam, & d'un fils de Vénus,
Ne tracérent jamais d'images si cruelles;
Je marche après Milton en des routes nouvelles;
J'annonce du Très-Haut les Arrêts menaçans:
Que ce sujet sublime éleve mes accens!

Le globe du Soleil se replongeoit dans l'onde:
La nuit obscurcissoit la surface du monde,
Quand des remparts d'Eden banni par la terreur,

Sur les aîles du crime y revint l'Impôsteur.
Il partit à l'instant où brillent les étoiles,
Suivit toujours la nuit à l'abri de ses voiles :
Pour tromper d'Uriel la prudence & les yeux,
En parcourant la Terre, il suit l'astre des Cieux.
Sous la forme des eaux, par des routes nouvelles,
D'un rocher dans Eden il jaillit avec elles,
Emprunte la souplesse & les traits du Serpent,
Et vers l'arbre de vie, il s'avance en rampant.

Dès que l'aube du jour, en chassant la nuit sombre,
Eut dessillé les yeux appesantis dans l'ombre,
Viens, cher Epoux, dit Eve, & près de ces coteaux
Arrêtons le progrès de nos naissans ormeaux :
La fraîcheur d'une nuit rend nos soins inutiles.
A tracer des sentiers dans ces forêts fertiles,
Sans cesse réunis, nous travaillons en vain :
Pour fournir aux besoins d'un si vaste terrain,
Séparons-nous : tes mains formeront ce treillage,
Et du soin de ces fleurs, je ferai mon partage.
Un sourire, un coup d'œil, mille tendres propos,
Quand je suis près de toi, suspendent nos travaux,

Et nos jours sont trop courts employés dès l'aurore.

Sans nous décourager, Compagne que j'adore,
De nos bois, dit Adam, facilitons l'accès,
Si nous ne pouvons seuls en retrancher l'excès;
Le Très-Haut nous promet que des races nombreuses
Seconderont nos mains dans ces plaines heureuses;
Mais de nos doux travaux, un ordre rigoureux
N'exclut point les discours, le sourire amoureux;
L'Homme seul en joüit, par ce charme s'enflamme
Le plus beau sentiment qui naisse dans notre ame.
Dieu veut par le travail augmenter nos plaisirs;
Unissons à jamais nos soins & nos désirs;
Dans la chaleur du jour, sur les bords du rivage,
Occupons-nous ensemble à tailler ce bocage.
Si nos doux entretiens, l'aliment des Esprits,
Embarrassent tes sens de trop d'objets remplis,
Je consens un moment à perdre ta présence;
La solitude plaît; souvent même l'absence
Rend le cœur plus sensible au charme du retour;
Mais déja ton départ allarme mon amour;
Tu sçais qu'un ennemi veille pour nous surprendre;

Contre lui réunis, veillons pour nous défendre;
Reste près d'un Epoux le soutien de tes jours;
Mon bras sera plus fort aidé de ton secours:
Rendrois-je tes regards témoins de ma foiblesse?
La même force en toi naîtroit de ta tendresse;
Tu craindrois que mes yeux te vissent succomber:
L'un par l'autre appuyés, nous ne pouvons tomber.
Rappelle-toi souvent qu'il est en ta puissance
De transgresser les loix de la divine essence;
Peut-être l'ennemi te trouvant loin de moi,
Tenteroit par son art de surprendre ta foi,
Ou de troubler nos feux dans sa fureur jalouse.
Ces soupçons semblent vains aux yeux de son épouse:
Les ris quitent son front, & sa voix rend ces mots.

Au coucher du Soleil, à travers ces ormeaux,
J'entendis Raphaël en partant vous instruire
Des attentats d'un traître ardent à nous séduire.
Cet esprit inconnu cherchant l'obscurité,
Peut-il vous allarmer sur ma fidélité?
Je sçai ce que je dois au Monarque suprême,
A son ordre, à vos loix, à nos feux, à moi-même,

Et ne redoute point cet ennemi jaloux,
Je connois ses desseins : je braverai ses coups.
Vous craignez que son art ne trompe ma foiblesse :
J'ai pour me soutenir le Ciel & ma tendresse ;
D'où naissent vos soupçons ? doutez-vous de ma foi ?

Du Trés-Haut, dit Adam, crains d'enfreindre la Loi :
Jamais par mes soupçons, je n'offensai tes charmes ;
Loin de moi, ton péril cause seul mes allarmes :
L'amour les a fait naître, écoute ses conseils,
Avertis-moi de même en des dangers pareils ;
Pourquoi les prévenir, & chercher à combattre ?
Le courage peut vaincre, il peut aussi s'abattre ;
Ta victoire, sans moi, manquera de témoins,
Et l'absence accroitra ma terreur & mes soins.
Tu sens l'inquiettude où tu livres ma vie ;
Mais l'espoir d'un triomphe irrite ton envie :
Je voudrois vainement t'arrêter sous mes yeux,
Ton esprit plus absent seroit en d'autres lieux :
Va, songe à conserver ta premiere innocence :
Dieu te combla de dons, redoute sa vengeance.
Il dit : Eve obstinée à suivre son dessein,

De la main d'un époux dégage alors ſa main.
Tu te rends à mes vœux, Adam : je pars, dit-elle,
Mais je te rejoindrai ſans que ta voix m'appelle.
Avant que le Soleil ait partagé ce jour,
Par tes conſeils guidée, encor plus par l'amour,
Je ſerai dans tes bras ſous cet épais feuillage.
A l'inſtant elle fuit comme un léger nuage,
Adam la ſuit d'un œil ravi, mais inquiet :
Je t'atends, lui dit-il, crains l'ennemi ſecret :
Elle court en diſant, compte ſur ma promeſſe.
Eloignement fatal ! ô ſource de triſteſſe !
Malheureuſe Eve, hélas ! en vain ton tendre amour
Se flâte de joüir des douceurs du retour ;
Par des ſentiers fleuris, tu cours au précipice :
Tu vas être livrée au plus noir artifice :
L'innocence & la Paix vont ſortir de ton cœur.

Sous des traits déguiſés l'infernal Suborneur,
Cherchoit depuis l'aurore en ce charmant Empire,
L'Homme que ſa fureur ſe promet de ſéduire,
Eſpérant en lui ſeul perdre tous les Humains :
Pour hâter le ſuccès de ſes cruels deſſeins,

Il brûle de trouver Eve ſeule, égarée ;
A l'inſtant il la voit de ſes graces parée,
Au milieu des parfums, ſeule à l'ombre des fleurs,
Attentive à régler l'ordre de leurs couleurs,
A ſoutenir leur tige encor foible & rampante,
Ignorant qu'elle-même en ſa beauté naiſſante,
Eſt proche de ſa chûte, & loin de ſon appui.
Le Tentateur s'avance, & la fraude avec lui ;
Après un long circuit, il arrive au bocage,
Où l'épouſe d'Adam s'occupoit ſous l'ombrage ;
Sa beauté le ravit : elle ſemble à ſes yeux
Rendre un nouvel éclat au charme de ces lieux :
Sa rage s'adoucit, & ſans haine il admire ;
Mais ſa fierté bien-tôt reprenant ſon empire,
Eh ! quel pouvoir, dit-il, a ſur moi cet objet ?
Il retient ma colere, & ſuſpend mon projet ;
Mon cœur privé d'amour, de joie, & d'eſpérance,
Doit n'avoir de plaiſirs que ceux de la vengeance.
Ne pouvant me ſouſtraire à mon deſtin affreux,
Pour adoucir mes maux, faiſons des malheureux ;
Réduiſons nos fureurs à l'art vil de ſéduire :
L'Orgueilleux devient ſouple en travaillant à nuire ;

Eve ſeule s'expoſe à recevoir mes traits :
Qui peut ſans s'attendrir contempler tant d'attraits !
Moi ſeul, oui la beauté, ſource de mille allarmes,
A mon cœur outragé préſente en vain ſes charmes :
A la haine donnons le maſque de l'amour.
Il dit : pour arriver, choiſiſſant un détour,
Dans l'eſpoir de fixer ſur lui ſeul les yeux d'Eve,
Il s'approche en rampant, ſe replie, & s'éleve.

Appliquée à mêler le chevrefeuille au lys,
Elle n'apperçoit point ſes ſéduiſans replis :
Il redouble ſes ſoins, court, s'arrête, ſoupire,
Frappe enfin les regards de l'objet qui l'attire,
Et ravi du ſuccès fait entendre ces mots :
Souveraine des Cieux, de la Terre & des Eaux,
Sans ſurpriſe à ma voix daignez prêter l'oreille ;
De ces lieux vos appas ſont la ſeule merveille :
Tournez vers moi ces yeux dont les traits raviſſans
M'entraînent ſur vos pas, & regnent ſur mes ſens.
Beauté que la Nature avec plaiſir vit naître,
Tout s'arrête en extaſe en vous voyant paraître :
Mais ces êtres bornés ne peuvent diſcerner

Les préſens dont le Ciel a voulu vous orner.
Un ſeul en ſçait le prix : eſt-ce aſſez d'un hommage?
D'un Etre ſi parfait l'unique & vrai partage,
Eſt d'obtenir l'encens & les honneurs divins.
L'organe d'un ſerpent rendant des ſons humains,
Vous ſurprend, je le vois : ſuivez-moi pour apprendre
Où j'ai puiſé les ſons que vous venez d'entendre.
Doüé du ſeul inſtinct des autres animaux,
Errant ſans réfléchir entre ces arbriſſeaux,
Je cherchois l'aliment à mon goût convenable :
J'apperçois entre tous un arbre remarquable ;
Ses fruits charment les yeux par l'émail des couleurs,
Et répandent au loin les plus douces odeurs :
Sans ceſſe à leur aſpect je ſens ma ſoif renaître :
Je m'élance ſur l'arbre, ardent à le connaître :
Enivré de ſes dons, mes ſens dans le moment
Eprouvent ſans effort un ſubit changement ;
Mon être illuminé d'une plus pure eſſence,
Reçoit, entend, connoît la ſublime ſcience :
Ma voix rend la penſée offerte à mes eſprits ;
L'éclat de tant d'objets dont mes yeux ſont ſurpris,
A votre aſpect vainqueur me ſemble diſparaître.

Vous trouvez mes regards trop importuns peut-être;
Ah! Recevez l'encens qu'on doit à la beauté.

En parlant, il l'entraîne à l'arbre redouté;
De plus vives couleurs ornent sa crête altiére:
Ses tortueux replis répandent la lumiére:
A peine cache-t-il son espoir odieux.
Eve écoute, le suit, avance dans les lieux,
Où déja l'imposteur brûle de la séduire:
Tels sont ces feux errans que dans l'ombre on voit luire:
Le voyageur trompé se détourne, les suit,
Et se perd dans l'abîme où leur éclat conduit.

Cette Beauté crédule en proie à l'artifice,
Sans craindre d'y tomber, arrive au précipice.
Bientôt l'arbre fatal se presente à ses yeux:
Serpent, s'écria-t-elle, ah! Fuyons de ces lieux;
Tous les biens & les maux s'y trouvent dans leur source:
Vainement vers ces fruits tu diriges ma course:
Ils nous sont interdits: ce sont les seules loix
Que l'Etre Souverain nous dicta par sa voix:
Je meurs au même instant, si j'ose les enfreindre.

Ah ! reprit l'imposteur, cessez de vous contraindre ;
Reine de l'Univers, craignez-vous de périr
Par des fruits destinés à charmer, à nourrir ?
Vous me voyez vivant : j'en goûtai sans obstacles ;
C'est pour vous que le Ciel enfanta ces miracles ;
Il doit vous admirer, si par un noble effort
Vous cherchez la science au mépris de la mort.
Par ce don si mes sens dégagés de leur chaîne
S'élévent au degré de la raison humaine,
Vous obtiendrez par lui la sagesse des Dieux.
Que peut la mort sur vous ? Vous priver de ces lieux ?
On vous verroit bien-tôt regner dans l'Empirée.
Qu'elle horreur pour ces fruits vous est donc inspirée ?
Un pouvoir envieux défendit d'en gouter,
Le sçavoir seroit-il un don à redouter ?
Non, nulle autorité ne sçauroit vous réduire
A vous priver d'un bien dont l'effet est d'instruire.
Sans balancer, Déesse, acceptez ces présens :
En éclairant l'esprit, ils enchantent les sens.
Il dit : & ce discours dicté par l'imposture,
Forme dans l'ame d'Eve une vive peinture :
Elle s'avance, hésite, admire, se repent,

Pense

Pense voir la raison sous les traits du Serpent;
La loüange long-tems murmure à ses oreilles.
De l'arbre défendu contemplant les merveilles,
Dans ses ardens désirs elle y fixe les yeux.
Que j'aspire, dit-elle, à tes biens précieux
L'ame par ton pouvoir est instruite & ravie;
Que lui servent ces biens, s'ils privent de la vie?
Quoi! changeant pour noüs seuls tes douceurs en poisons,
Les brutes, sans danger, joüiroient de tes dons!
Le Serpent vit encore, & paroit sans malice:
Dois-je dans ses conseils redouter l'artifice?
Il m'invite à chercher la gloire & les plaisirs:
Qui peut dans ce projet contraindre mes désirs?
Possédons, sans tarder, la suprême science.
Jour affreux! coup funeste! Eve sans défiance
Goûte le fruit fatal; tout en frémit d'horreur;
Par des cris la Nature annonça son malheur.

L'ennemi triomphant, dans les bois prend la fuite.
La Mere des Humains, enivrée & séduite,
S'écrie: ô fruit divin! mes esprits enchantés,
Des mysteres des Cieux conçoivent les beautés.

Peut-être en cet inſtant devenuë inviſible,
Aux yeux du Créateur je ſuis inacceſſible.........
S'il pouvoit ignorer mon nouveau changement!.......
Mais Adam inquiet me cherche en ce moment;
La ſource de ma joie à ſon ame inconnuë,
Doit-elle ſe cacher, ou s'offrir à ſa vuë?.........
Sans partage gardons ma gloire & mon bonheur;
Par-là j'égalerai les vertus de ſon cœur;
J'en mériterai mieux ſa tendre complaiſance.........
Je pourois à mon tour le voir ſous ma puiſſance.......
Ah! tandis que mes ſens goûtent ce doux tranſport,
Si le Ciel irrité me préparoit la mort!
Mon époux obtiendroit une épouſe nouvelle,
Se feroit un bonheur de reſpirer pour elle,
Et je ne ſerois plus! Quel affreux avenir!
A mon ſort, quel qu'il ſoit, Adam, je veux t'unir;
Pour toi je ſens renaître une ſi vive flamme,
Que la mort avec toi n'étonne point mon ame.
Sans ton amour, la vie eſt pour moi le trépas.

Vers lui dans ce moment elle tourne ſes pas.
Hélas! il ſe flattoit dans ſon impatience,

De ſe dédommager des ennuis de l'abſence ;
Ses mains avoient formé des guirlandes de fleurs,
Pour couronner l'objet de ſes tendres ardeurs :
Mais ſon amour troublé de ſiniſtres préſages,
Souvent lui fait quitter l'abri de ſes ombrages :
Eve paroît : il vole au-devant de ſes pas ;
Dans ſa rougeur ſubite il lit ſon embarras :
Il voit entre ſes mains l'indice de ſon crime :
Elle apporte le fruit : ſon ivreſſe l'anime,
Et ſon eſprit fertile en diſcours enchanteurs ;
Ainſi de ſon retour excuſe les lenteurs.
De mon éloignement tu gémiſſois ſans doute ;
Que j'ai langui ſans toi ! Tu te plains, mais écoute ;
J'ignorois de l'amour le plus cruel tourment ;
De toi je ne veux plus m'abſenter un moment !
Tu vois l'objet flatteur qui m'avoit retenuë ;
Le Serpent en prouva le pouvoir à ma vuë :
Il mangea de ce fruit, il vit, & ſans efforts,
De la raiſon, ſes ſens acquirent les tréſors.
Par le même ſecours j'obtins les dons ſuprêmes :
Reçois-les : que nos maux, nos plaiſirs ſoient les mêmes ;
Si différens dégrés ſéparoient nos eſprits,

Mon cœur des plus grands biens cesseroit d'être épris.

A ce recit, Adam & gémit & frissonne:
Il ne peut s'exprimer, sa force l'abandonne;
La guirlande qu'il tient s'échappe de ses mains:
Il voit tous ses malheurs écrits dans les destins,
Et sa douleur enfin rompt ainsi le silence:

Toi qui sçais tout charmer par ta seule présence,
Objet le plus parfait que le Ciel ait produit,
En quel gouffre de maux ton crime nous conduit!
Comment, sans redouter la vengeance céleste,
As-tu suivi l'apas d'un conseil si funeste?
J'y reconnois les traits d'un ennemi jaloux;
N'importe : à ton Destin joins le sort d'un époux.
Tu m'apportes la mort : j'y vole pour te suivre:
Le dessein en est pris : pourrois-je te survivre?
Quel bien remplaceroit ta beauté, ton amour?
Errant seul en ces lieux, je haïrois le jour:
Quand le Ciel m'offriroit une épouse aussi belle,
Jamais à ses apas je ne vivrois fidèle:
Ton image toujours régneroit dans mon cœur:

Ton être pris du mien m'entraîne en ton malheur.
En te perdant, hélas ! je me perdrois moi-même.

Effort trop généreux ! Preuve d'amour extrême !
Quel triomphe, dit Eve, ô Ciel ! Quel doux transport !
Mon époux pour me suivre ose braver la mort.
Il se résoudroit même à partager un crime.
Ah ! s'il pouvoit un jour en être la victime,
Je voudrois sur moi seule en éprouver l'horreur ;
Mais je viens avec toi partager mon bonheur.
Loin que ce fruit divin éteigne en moi la vie,
Il accroît les vertus de mon ame ravie :
Je puis t'en présenter sans trembler sur ton sort :
Prens ce don ; livre aux vents la crainte de la mort.
Elle embrasse à ces mots l'objet de sa tendresse,
Verse des pleurs de joie en voyant sa foiblesse,
Et pour récompenser l'excès de son ardeur,
Lui donne le poison, source de son malheur ;
Il l'accepte, & connoît tous les maux qu'il s'apprête.
Aveuglé par l'amour, nul danger ne l'arrête.
De nouveau la Nature, & gémit, & trembla ;
La Terre en tressaillit, le Ciel s'en ébranla.

Adam n'entend plus rien ; & ſon cœur ſans allarmes,
Eperdu, ne voit qu'Eve, & ſes dons & ſes charmes ;
Tous les deux enivrés & d'orgueil & d'amour,
Penſent déja joüir du céleſte ſéjour.
Dans les tendres douceurs de leur chaîne fidelle,
La volupté fait naître une chaleur nouvelle ;
Le trouble, les langueurs annoncent leurs déſirs ;
Leurs cœurs de l'innocence ont perdu les plaiſirs ;
Ce n'eſt plus cette Paix d'une ame ſatisfaite,
C'eſt une ardeur des ſens emportée, inquiéte,
Qui déſire ſans ceſſe, & s'éteint dans ſes feux.
Adam exprime ainſi ſon délire amoureux.

Chere épouſe, ces fruits ont produit en mon ame
Une joie inconnuë, une plus vive flamme.
Que de tranſports ardens manquoient à nos amours !
Quels momens ! joüiſſons du plus beau de nos jours,
Depuis l'heureux inſtant qui te donna naiſſance,
Jamais tes traits ſur moi n'eurent tant de puiſſance ;
Tes graces à mes yeux ont de nouveaux apas,
Eve ſourit, ſoupire & vole dans ſes bras ;
D'un bocage de fleurs, l'ombre odoriférante,

Couvre de leurs transports l'ivresse renaissante :
Sur les gazons, témoins de leurs brûlans soupirs,
Le calme du sommeil termine leurs plaisirs.

Quand le feu de leurs sens perdit sa violence,
Les songes ténébreux, fils de l'intempérance,
De leurs esprits troublés bannirent le sommeil :
Pour la premiere fois accablés au réveil,
L'un & l'autre surpris, sur soi fixe la vuë ;
Leur cœur est agité d'une honte inconnuë ;
La nudité les blesse, & leurs yeux éclairés
Apperçoivent l'erreur de leurs sens égarés ;
L'innocence les fuit ; le voile se déchire ;
Sur un bonneur passé, leur ame envain soupire :
Pour eux un seul instant change tous les objets.
Les sombres passions, le trouble, les regrets,
Des reproches cruels aigrissent leurs allarmes ;
Leurs yeux sont obscurcis par des torrents de larmes,
Et déja la raison ne régle plus leurs sens.
Le silence succede à des gémissemens ;
A leurs propres regards ils veulent se soustraire ;
Et fuyant de concert dans un bois solitaire,

Ils cherchent à l'envi des feuillages épais,
Qui de la nudité leur dérobent les traits;
Ils voilent les dehors; mais la honte cruelle
En leur sein criminel vit & se renouvelle.

Fin du cinquième Chant.

ARGUMEMT
DU
VI. CHANT.

SIXIÉME CHANT.

ARGUMENT.

DIEU connoissant le succés de Satan, & la désobéissance de l'Homme, lui fait entendre son Arrêt & celui du Serpent, qu'il replonge dans l'abîme. Il ordonne aux Anges de faire diverses altérations dans l'ordre des élémens. Adam consterné du changement de son état, s'abandonne à la douleur. Il rejette les consolations d'Eve : elle le calme enfin. Ils unissent leurs prieres pour appaiser le Ciel. Michel leur annonce que le moment de leur mort est différé, mais qu'ils sont bannis pour jamais du Paradis Terrestre. Regrets d'Eve. Michel l'endort, & pendant son sommeil découvre à Adam dans une vision les différens climats de la terre, & les maux de sa postérité. Il lui enseigne les moyens de les éviter, & le console par la promesse du Messie, qui réparera les désordres que le péché à causés dans le monde. Eve s'éveille : Michel la conduit avec Adam hors du paradis.

LE PARADIS TERRESTRE.

SIXIÉME CHANT.

Rien ne peut échapper aux yeux de l'Eternel;
Il voit du Tentateur le succès criminel,
Et l'Homme perverti par un noir artifice.
Sa clémence cédant aux loix de sa justice,

Il le livre à la mort, & sa voix dans les airs,
En prononçant ces mots ébranle l'Univers.

Eve, tu dois porter la peine de ton crime,
Des fils qui te naîtront, tu seras la victime;
Tu verseras des pleurs en leur donnant le jour.
Adam, pour avoir cru les conseils de l'amour,
Tes descendans & toi, de l'avare Nature,
N'arracheront les dons qu'à force de culture;
La douleur, le travail t'améneront la mort.
J'ai maudit le Serpent; il fuit envain son sort;
Je le livre aux remords plus cruels que la foudre.

Sans redouter la main qui peut le mettre en poudre,
L'Imposteur jouissoit d'un triomphe odieux:
Il apprend son Arrêt prononcé dans les Cieux,
Et le sort des Humains, devenus ses victimes.
Il rentre en frémissant dans les sombres abîmes;
La Mort & le Péché, ses fidèles sujets,
Accourent sur ses pas pour servir ses projets.
Retournez, leur dit-il, joüir de ma conquête;
Détruisez, dévorez; que rien ne vous arrête;

Rempliſſez l'Univers d'épouvante & de pleurs ;
Le tems qui détruit tout, nourrira vos fureurs ;
Regnez, ſervez ma haine en ce terreſtre monde,
Tandis que viſitant ma retraite profonde,
Par le brillant ſuccès de mes ſoins glorieux,
Je porterai la joïe en ces lugubres lieux.

Il y vole à ces mots, & revoit ſon Empire :
L'Enfer depuis long-tems pour ſon retour ſoupire :
Il y paroît traîné ſur un char triomphant.
L'abîme l'applaudit par un bruit effrayant.
Eſprits, dit-il, regnez, jouiſſez de ma gloire ;
Je conduirai vos pas aux lieux de ma victoire :
Par moi la race humaine eſt livrée à vos coups.

Dieu ſe rit des complots de l'Ennemi jaloux :
Il ſçait à quel degré l'infernale puiſſance,
Doit ſur le genre-humain étendre ſa vengeance,
Et que l'homme né libre, en peut braver les traits :
Mais Adam doit ſentir le poids de ſes forfaits.
Déja du Roi des Cieux les fidèles Miniſtres
Placent au Firmament divers ſignes ſiniſtres.

Le Soleil incliné, par son oblique cours,
Change l'air, les saisons, l'égalité des jours;
Le tonnerre, les vents épouvantent la terre;
L'homme & les animaux se déclarent la guerre.

Au châtiment cruel dont il ressent les coups,
Adam du Ciel vengeur reconnoît le courroux;
Déja le froid, la faim augmentent son martyre:
Pour sa postérité son cœur tremble & soupire;
Au plus vif désespoir se livrant sur son sort,
Par d'inutiles cris il invoque la mort.
Cédres, s'écrioit-il, cachez-moi, sous vos ombres!
Rochers, renfermez-moi dans vos cavernes sombres!
Epargnez à mes yeux la clarté du Soleil:
Dieu puissant, plongez-les dans l'éternel sommeil.
De l'Univers ta vûe embrasse la carriére,
Comment m'exposerai-je aux traits de ta lumiere?
Averti du danger, je bravai le destin;
Le remords fils du crime est vivant dans mon sein.
Quoi! le monde en naissant est prêt à se détruire!
Les animaux cruels méprisent mon Empire!
Tout est changé pour moi: l'objet de mon amour,

Jadis de mon bonheur, eſt ma perte en ce jour.
Les bois qui réſonnoient aux ſons de ma voix tendre,
N'ont plus que des ſoupirs, des ſanglots à me rendre:
La nuit la plus obſcure eſt témoin de mes pleurs.

Par les échos plaintifs, Evè apprend ces douleurs;
Elle aproche en tremblant, & croit par ſa preſence,
Des tourmens d'un époux calmer la violence.
Il rejette ſes ſoins par ces ſévéres mots.

Cruelle, éloigne-toi, ſource de tous mes maux:
Pourquoi ſous tant d'attraits, l'Auteur de la Nature
Cacha-t-il les erreurs d'un cœur foible & parjure?
Quand mes premiers deſirs te demandoient aux Cieux,
De quel bandeau l'ennui me voiloit-il les yeux?
En ce ſéjour, ſans toi, vivant dans l'innocence
J'aurois de mon bonheur gardé la jouiſſance.
Que n'ai-je à ton audace oppoſé mon pouvoir?
Quoi! l'exemple d'un traitre a flâté ton eſpoir
Et loin de triompher de ſon vil artifice
Ton curieux orgueil te livre au précipice:
Rebelle à mes conſeils, tu crus ce ſéducteur;

Devois-je partager ton crime & ton malheur ?
Tes dangéreux apas ſurprirent ma foibleſſe ;
Fuis mes yeux détrompés, perfide enchantereſſe.
Hélas ! j'eſtimai trop tes dons & tes vertus.

Il dit : Eve troublée, & les ſens abatus,
Embraſſe ſes genoux, & les baigne de larmes.
Ta douleur, répond-elle, augmente mes allarmes ;
Foible dans le danger, ſourde à tes volontés,
Ces reproches cruels, je les ai mérités ;
Mais dois-tu par la haine accabler ma tendreſſe ?
Mon amour ne peut-il diſſiper ta triſteſſe ?
Le crime en ſe cachant ſous un dehors trompeur,
A fait de mon eſprit l'involontaire erreur.
Ne m'abandonne pas à ma douleur extrême :
Adoucis tes regards pour un autre toi-même ;
Nos forfaits ſont égaux : nous frémiſſons tous deux :
Mais mon cœur plus coupable eſt le plus malheureux.
De mon époux, de Dieu j'irrite la colere :
J'oſerai vers ſon Thrône élever ma priére,
Il ſçait que tes malheurs prirent leur ſource en moi,
Que la foudre m'écraſe, & s'éloigne de toi.

Peut-

Peut-être n'ai-je plus qu'un ſeul inſtant à vivre !
Si tu me fuis, hélas ! quel parti dois-je ſuivre ?
Paſſons du moins en paix de ſi cruels momens :
Joignons notre infortune, & nos gémiſſemens.
Tu parois attendri : je reprends l'eſpérance :
Je ſçai combien tu dois craindre mon imprudence,
Ton cœur de mes conſeils éprouva le danger :
N'importe : à t'en donner, j'oſe encor m'engager.
Je cherche à te calmer dans ton incertitude ;
Du deſtin de tes fils naît ton inquiétude ;
Tu crois déja les voir enlevés par la mort.
Tentons pour la tromper un généreux effort ;
Qu'ils ſoient toujours à naître, & que ſa main perfide
Répande ſur nous ſeuls ſon poiſon homicide.
En prévenant ſes coups, calmons notre douleur...
Ce parti, je le vois, épouvante ton cœur...
Inutiles projets ! tes deſirs, ma tendreſſe,
Pourroient-ils ſans eſpoir languir dans leur ivreſſe ?
Supplice pour tous deux plus cruel que la mort !
Non : par nos mains plûtôt terminons notre ſort ;
Qui peut nous arrêter ? abrégeons tant d'allarmes.
Ces mots entrecoupés s'étouffent dans les larmes ;

Prosternée, immobile & frissonnant d'effroi,
De son maître elle attend les conseils & la loi.

Désarmé par ses pleurs, son époux la releve.
Tu me perces le cœur : viens dans mes bras, chere Eve ;
Vivons unis, dit-il : viens ne consommons plus
Le moment qui nous reste en regrets superflus.
Ton crime m'a perdu : ton repentir l'efface ;
Quitte le noir projet d'éteindre en toi ta race ;
Ce mépris de la vie, & de tous les plaisirs
Vient d'un orgueil secret qui flâte tes desirs ;
Il te paroît l'effort d'une ame magnanime :
Aux regards de ton Dieu ce desir est un crime
Qui prouve ta foiblesse, & dégrade ta foi.
Du sage Créateur accomplissons la loi :
Il voulut que l'hymen en resserrant nos chaînes,
Augmentât nos plaisirs, & modérât nos peines.
Oui : la stérilité s'oppose à ses arrêts,
Et nos fils malheureux sont nés dans ses décrets.
Sur moi seul que ne puis-je attirer la tempête !
Aux coups du Ciel pour toi j'irois offrir ma tête,
L'attendrir, t'excuser sur ta fragilité.

Prosternons-nous aux pieds de ce Pere irrité.
Nos sincéres regrets toucheront sa clémence ;
Ses regards en tous lieux répandent l'espérance.

Au même instant vers Dieu s'élancent leurs accens :
Et leurs vœux réunis transportés par les vents
S'élévent jusqu'aux Cieux, en pénétrent la voute.

D'Eden, dit le Très-Haut, Michel, suivez la route :
J'éloignerai le coup d'un arrêt mérité :
Le repentir de l'homme a touché ma bonté ;
Mais il sera banni de son heureux asyle.
Ses descendans privés d'un séjour si tranquille,
Par un chemin pénible iront tous à la mort ;
Qu'Adam sçache de vous mes decrets & leur sort.

L'Ange instruit des destins s'envole avec l'aurore ;
Le premier des mortels dont l'espoir vit encore,
Reçoit avec transport cet être radieux ;
Il apprend par sa voix que le Maître des Cieux
Suspend le coup fatal qui doit trancher sa vie,
Mais qu'un tissu de maux dont sa trame est remplie,

Le bannit à jamais de ce séjour charmant.
La douleur le saisit en cet affreux moment :
Eve désespérée en ces termes s'exprime :

De mon sort sans frémir, je ne puis voir l'abîme,
J'espérois en ces lieux finir mes tristes jours :
On m'en bannit : pourquoi prolonge-t-on leur cours ?
Bois qui m'avez vû naître, agréable prairie,
Toi berceau nuptial, ombre que j'ai chérie,
Echos qui m'entendiez instruits par les Zéphirs,
Pour la derniere fois rendez-vous mes soupirs ?
Fleurs, ne verrai-je plus vos couleurs éclatantes ?
Quelles mains soutiendront vos tiges languissantes ?
Tribut de mes travaux, lieux chers à mes amours,
Faut-il de vos attraits m'éloigner pour toujours ?
Comment pourrai-je vivre en un climat sauvage,
En proie à la douleur, aux remords, à la rage ?

De ces regrets l'Archange arrête le couroux :
Tu ne perds rien, dit-il : il te reste un époux ;
Il guidera tes pas aux lieux où tu dois vivre ;
Quitte sans désespoir ce séjour pour le suivre.

Adam poursuivit-il, rappelle ici tes sens,
Je dois de l'avenir te dévoiler les tems :
De folles passions vois ta race enivrée.
Tandis qu'Eve au sommeil par mes soins est livrée,
Eloignons-nous, montons sur ce roc escarpé.
Le Pere des humains de regrets occupé,
Suit le guide Divin : à ses yeux la Nature
Offre tous les climats, & la race future.
De l'Africain farouche il voit les champs brûlés,
Les bords Américains par le fer désolés,
L'Asiatique en proie au luxe, à la mollesse,
L'Europe abandonnée à la guerriére ivresse :
Par-tout il voit voler le Démon des combats,
Et les mortels armés tourner contr'eux leurs bras :
L'avarice, l'orgueil, l'ambition, l'envie,
Des concurrens jaloux excitent la furie :
Souvent même à la haine entraînés par l'amour,
Ils semblent plus ardens à se priver du jour ;
Sur ses rivaux détruits chacun fonde sa gloire :
Dans le meurtre & le sang tous cherchent la victoire.
La Justice en fuiant la cour de ces vainqueurs
Laisse la politique y masquer leurs fureurs,

Et de vils courtisans exilent de leur vuë
la vérité vantée & toujours méconnuë.
Le Trône environné de ces flâteurs adroits
Des sujets opprimez anéantit les droits;
La vertu sans crédit voit triompher l'intrigue;
On n'obtient les honneurs que par ruse & par brigue.
La coupe de l'himen se remplit de poisons,
Dans le sein des amans naissent les trahisons;
Des feux vifs & flâteurs mais nouris d'artifices,
Guident leurs yeux charmez, dans mille précipices;
Plus loin dans des cités, les festins & les jeux
Des nombreux habitans semblent combler les vœux.
Mais la guerre intestine en sa fougueuse rage,
A ce calme aparent fait succéder l'orage;
Ces Temples, ces Palais, élevés par l'orgueil,
De leur maître en tombant deviennent le cercueil.
On voit naître en tous lieux du sein du fanatisme,
Mille divinités où l'aveugle athéisme;
De son opinion chaque mortel épris,
Voudroit à ses erreurs asservir les esprits.
Dans l'ardeur d'un faux zèle ou de l'idolâtrie,
L'un s'immole à ses Dieux & l'autre à sa Patrie;

Et du ſein de la terre arrachant les métaux,
L'Impie oſe y graver les traits de ces Héros;
En pare leurs Autels & guidé par le vice,
Le fer ſert ſa vangeance & l'or ſon avarice.
Adam fuit ce ſpectacle, & l'œil baigné de pleurs,
De ſes fils à venir déplore les malheurs.

Faut-il qu'à ces cruels je donne la naiſſance!
Que n'ai-je ſur leur ſort reſté dans l'ignorance!
Je n'aurois point hélas; à gémir en un jour
Des forfaits que les ans produiront tour à tour.
En prévoyant ces maux j'avance mon martyre;
A ſçavoir l'avenir ſans prudence on aſpire:
Son aſpect nous prépare à des tourmens cruels,
Dont la crainte déja nous fait des maux réels.
Terrible viſion! race trop ennemie!
Plût au Ciel qu'en naiſſant vous perdiſſiez la vie!
Il dit: d'autres objets affligent ſes regards;
Mille maux différens volent de toutes parts:
L'un périt à l'inſtant par la douleur aigue;
L'autre boit à longs traits le poiſon qui le tue,
Et la fiévre en fureur dans ſes livides bras,

Enléve les mortels, & les livre au trépas.
O Mort, s'écria-t-il, frapé de cette image,
Si je tremble aujourd'hui lorsque je t'envisage,
Pourrai-je supporter la rigueur de tes coups?
Envoyé du Très-Haut par des sentiers plus doux
Ne peut-on arriver au terme de la vie?

Autant tu vois d'écueils sur les mers en furie,
D'insectes voltiger sur la face des eaux,
Autant la race humaine éprouvera de maux.
Mille piéges cachés, poursuit l'Esprit Céleste,
Avanceront la fin de son destin funeste.
L'air, l'eau, le fer, le feu termineront ses jours;
Sur-tout l'intempérance abbrégera leur cours.
Ce monstre insatiable ami de la paresse,
Cherchera le bonheur dans le sein de l'ivresse;
L'abondance bien-tôt détruira les plaisirs,
Et les sens émoussés languiront sans desirs.
L'ennui né du dégout de l'oisive opulence,
Verra dans les Palais triompher sa puissance;
Et les biens dont l'orgueil se plaît à s'éblouir,
Se changer en poisons à force d'en jouir.

De-là viendront les maux dont l'image terrible
Pour tant d'infortunés te rend déja sensible.
Telle sera l'erreur des avares humains ;
En des gouffres cherchant des trésors incertains,
Ils trouveront leur fin dans un air homicide.
Veux-tu de la douleur fuir l'atteinte perfide ?
Vis dans la tempérance, & ne mets point tes soins
A te multiplier des goûts & des besoins,
Sous de rustiques toits en des travaux utiles,
Tu trouveras la Paix & les plaisirs tranquilles ;
De la frugalité naîtra le vrai bonheur :
Crains l'excès, la mollesse, & le luxe enchanteur ;
Des loix de la Nature écoutant la sagesse,
Tu verras à pas lents arriver la vieillesse ;
Ses coups sans t'accabler affoibliront tes sens,
Et pour toi les plaisirs deviendront languissans,
Ce pénible passage est un mal nécessaire ;
La vie en cet état cessera de te plaire ;
Alors comme un fruit mûr détaché sans efforts,
De tes membres usés perdant tous les ressorts,
Soudain tu rentreras dans le sein de ta mere,

'Inſtruit par vos conſeils, reprit le premier Pere,
J'entrevois ſans frémir le terme de mes jours.
Je vais par la ſageſſe en adoucir le cours.
Dans mon ame déja je ſens la paix renaître;
Pénétré de reſpect pour le ſouverain Etre,
J'attends de ſa bonté qu'il abbrége mon ſort.

Tu ne dois déſirer, ni redouter la mort:
C'eſt le Port, dit l'Archange, où finiront tes peines;
Souffre ſans murmurer & la vie & ſes chaînes,
Pour ta poſtérité par un excès d'amour,
Le Fils du Dieu vivant doit s'immoler un jour,
Le courroux de ſon Pere exige une victime:
Il viendra par ſon Sang te laver de ton crime,
Eclairer les Sçavans par ſes Loix confondus:
De ſes enfans chéris animer les vertus;
D'une nouvelle vie obtenant le partage,
Le Ciel après la mort ſera leur héritage,
Et Satan dépouillé d'un pouvoir criminel,
Expiera ſes forfaits dans le gouffre éternel.

Par l'eſpoir conſolant des divines merveilles,

Dont en partant, ma voix enchante tes oreilles,
Supporte tes malheurs, modéra tes regrets :
N'eſpére point des Cieux pénétrer les decrets ;
Dans la ſeule vertu tu trouveras des charmes.
Eve dans ton exil doit eſſuyer tes larmes ;
Elle accourt, avançons ; par des ſonges flatteurs,
De ſes ſens agités j'ai calmé les frayeurs :
Son ame aura repris une force nouvelle.

Graces au doux ſommeil, ah ! cher époux, dit-elle,
La ſuite de nos maux me cauſe moins d'effroi :
En ces lieux enchantés que ferois-je ſans toi ?
J'ai cauſé tes malheurs : je veux par ma tendreſſe
Des plus affreux climats t'adoucir la triſteſſe :
Avec toi tranſportée au milieu des déſerts,
Je croirai voir Eden au bout de l'Univers.

L'Ange de léur départ précipite enfin l'heure,
Les conduit aux confins de l'heureuſe demeure :
Sur leurs pas pour toujours en ferme les remparts,
Et devient inviſible à leurs triſtes regards.

Fin du ſixiéme & dernier Chant.

POEME

QUI A REMPORTÉ LE PRIX DE L'ACADÉMIE DE ROUEN,

DISTRIBUE' pour la premiere fois le 12 Juillet 1746.

Le ſujet propoſé étoit la Fondation même du Prix alternatif entre les Belles Lettres & les Sciences, par M. le Duc DE LUXEMBOURG, *Gouverneur de la Province & Protecteur de l'*ACADÉMIE.

LE PRIX

ALTERNATIF ENTRE les Belles Lettres & les Sciences.

POEME.

JE vois donc s'élever au ſein de nos * ramparts
Le Temple du Génie & l'Ecole des Arts.
Quel aſtre bien-faiſant rend par ſon influence,
A nos climats féconds leur premiere abondance?
Qui ne reconnoîtroit à ces traits glorieux
LUXEMBOURG, digne fils des plus nobles ayeux?
Son nom fut toujours cher aux Filles de mémoire:
Conſacrons ſes bien-faits, éterniſons ſa gloire;
Il veut en divers Jeux, célébrés tous les ans,
Accorder aux Vainqueurs le prix de leurs talens;

* L'Auteur eſt une Dame née à Roüen.

Près de LOUIS, l'Amour & l'effroi de la Terre,
Ce Héros affrontant les périls de la guerre,
Suit de loin nos progrès, & sçaura discerner
L'Athlete, qu'en ces lieux sa main doit couronner;
Tel du haut de l'Olimpe, Hercule dans la Gréce,
De cent rapides chars excitant la vitesse,
Faisoit briller la Palme aux regards des Vainqueurs.

Au sommet du Parnasse, il est d'autres honneurs;
De plus nobles efforts nous offrent plus de gloire;
Dans de sçavans combats, disputons la Victoire,
C'est peu de triompher aux yeux de nos Rivaux;
De nos Maitres encore égalons les travaux.

La Neustrie est fertile en excélens modèles,
Devenons de leur marche observateurs fidèles;
Des champs Elisiens évoquons leurs esprits;
Mais que dis-je ? Leur ame existe en leurs Ecrits;
C'est-là qu'il faut puiser la Science profonde,
De charmer, d'atendrir & d'éclairer le Monde.

Cherchez-vous les lauriers, dont Melpomene en pleurs,

Ceint

Ceint le front des Mortels qui peignent ses douleurs?
Du Sophocle (a) Français, prenant l'essor sublime,
Par l'éclat des vertus faites pâlir le crime.
Malherbe, de Pindare imitant les accords,
Vous aprend sur la lyre à régler vos transports.
Sensibles aux plaisirs que le tendre Amour donne,
Des Chantres de Paphos briguez-vous la couronne?
Un autre Anacréon (b) nâquit en ces climats;
De sa Muse légere empruntez les apas.
Sur nos rives, Segrais, ta voix tendre & facile,
Rendit les doux accens des Bergers de Virgile.
Brébeuf & Sarasin, consacrérent leurs jours,
L'un à chanter Bellone, & l'autre les Amours.

Favoris d'Apollon en cette illustre Fête,
Mon Pinceau sur vos traits avec plaisir s'arrête.
De nos jours, du Resnel, inspiré des neuf Sœurs,
Des tableaux qu'il imite, embellit les couleurs.
Fontenelle formé pour plaire & pour instruire,
Nous enrichit encor des fruits qu'il sçut produire;

(a) Pierre Corneille.
(b) L'Abbé de Chaulieu.

C'est un arbre fécond, respecté par les ans,
Qui dans son hyver même a les fleurs du Printems:
Ses graces ont rendu la Science facile:
Le Poëte sçavant en devient plus fertile;
Uranie (*a*) & Clio (*b*) se servent tour à tour.

Lorsqu'au point du Belier, l'astre brillant du jour,
Avec Flore en nos champs ramenera Zéphire,
LUXEMBOURG, qui des Arts veut étendre l'empire,
Doit couronner ici le Sçavant, dont les yeux
Perceront les sécrets de la Terre & des Cieux.

Sages, qui recherchez au sein de la Nature,
Le mouvement des corps, leur force, leur figure;
Vous par un long calcul instruits à mesurer
Des objets, que les yeux ne pouvoient qu'admirer,
Le compas à la main marchez avec prudence;
Que votre esprit se rende à la seule évidence.

Artistes (*c*) qui sçavez par de nouveaux ressorts

(*a*) Muse qui préside aux Sciences,

(*b*) Muse qui préside à la Poësie.

(*c*) Mr de France Académicien de Rouen, a fait deux Fluteurs automates, qu'on a vus cette année à Paris.

Reſſuſciter Orphée, en rendre les accords;
Et de nos mouvemens lui prêter la ſoupleſſe;
Sur d'utiles objets exercez votre adreſſe.

L'art, qui peut conſerver par des ſecours certains,
La fragile ſtructure, & les jours des Humains,
Préſente aux yeux inſtruits un vaſte labyrinthe;
Qu'ils ſuivent ſes détours ſans audace & ſans crainte:
L'honneur doit animer les précieux travaux,
Qui des bras de la mort arrachent nos Héros.

Et vous, qui de leurs faits célébrez les merveilles,
Un Prix dans deux Printems eſt offert à vos veilles;
Qu'une profonde étude, & que des ſoins conſtans
Dévoilent à nos yeux l'obſcurité des tems.
L'Hiſtoire des Français dans la paix, dans les armes,
De l'Art des fictions n'emprunte point ſes charmes:
Mezeray, qui fut grand dans ſa ſimplicité,
Employa les ſeuls traits qu'offre la vérité:
Vertot ſur ſes recits clairs, précis, équitables,
Répandit ſans excès des couleurs agréables.
Que d'Auteurs en ce genre ont illuſtré ces lieux!

Le Gendre & Daniel sont nés de vos Ayeux;
De leur stile, imitant le tour & la sagesse,
Au faux éclat des mots préférez la justesse;
Libres de préjugés, racontez de nos Rois,
Les vices, les vertus, les fautes, les exploits,
Et rendez vos Ecrits dignes du Chef illustre,
Qui fonde ce Lycée, & lui prête son lustre;
Qui joint au nom brillant de favori de Mars,
Le titre plus chéri de Protecteur des Arts.

Dat veniam corvis, vexat censura columbas.

Juv. Sat. II.

FIN.

www.ingramcontent.com/pod-product-compliance
Lightning Source LLC
LaVergne TN
LVHW012019220826
846092LV00001B/416

* 9 7 8 2 0 1 9 3 1 8 1 2 3 *